跳丸日月
TIAOWANRIYUE

U0540350

三国名士无双

易轩/编著

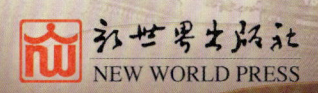

新世界出版社
NEW WORLD PRESS

第二卷·魏武挥鞭

章节	页码
赵云　只身为君平征途	120
庞统　残星已落，棋子难收	130
姜维　姜式生存之道	140
桃园男团现场专访	152
曹植　魂梦与君同	161
荀彧　唯恐与君共歧途	182
曹丕　人生如寄，多忧何为	192
司马懿　一世魏臣，终入晋书	202
在一流大厂做军师是怎样的一种体验	214
尾声　合卷而归	223

目录

东汉末年规则怪谈

刘辩 中心藏之，何日忘之 … 020

第一卷 · 英雄无觅

孙策 重返父亲少年时 … 028

周瑜 少年意气为君盟 … 045

吕蒙 披荆斩棘的三国玩家 … 066

陆逊 运筹帷幄定山河 … 076

第二卷 · 兴复汉室

诸葛亮 星落秋风五丈原 … 090

101

刘辩

◆ 经行几处江山改，
◆ 成王也难觅自由。

千秋霸业还似梦，
随缘尽向火中销。

公孙瓒

孙策

飒沓流星，
短暂如石中火，
快意似梦中身。

周瑜

乘东风之便，
一剑即可匡扶江东。

吕蒙

士别三日，非复吴下阿蒙。

陆逊

三分归晋气象俊
又影江南达几時

当年万里覓封侯，
回首山河泪空流。

诸葛亮

君臣已与时际会,
星落秋风五丈原。

赵云

择主而从,在绝境处陡生一腔孤勇。

荀彧

我愿秉忠贞之诚，
守退让之实。

姜维

不忘丞相埋骨处，
犹有区区一片心。

曹植

几回魂梦与君同，
犹恐相逢是梦中。

庞统

乱世入局至终了，
不过三十有六年而已。

曹丕

回头四向望，
眼中无故人。

司马懿

臣尽忠三世，
终至食言，不敢梦君。

三分鼎足浑如梦,斜阳寂寂照空山。

机密

亲启

尊敬的回溯者：

此地是史官书阁。

历史最大的敌人叫作遗忘。千年兴废事，历史正从人类的记忆中剥落、褪色，逐渐沦为残卷……更有一些不轨之徒穿梭时空，意图摧毁历史。

于是，时空史官应时而生。来到史官书阁，你将获得道具玉镯并觉醒时空史官的身份，重回群雄逐鹿的时代，亲眼见证一个又一个故事，完成补全史书的任务。

这里有一份《东汉末年规则怪谈》，也许对你本次的任务有用。

东汉末年

规则怪谈

顾闪闪/文

尊敬的回溯者们，欢迎来到东汉末年，请各位仔细阅读以下内容，并务必遵守清单上的所有规则，因为只有这样，才能让你在这个"白骨露于野，千里无鸡鸣"的无序世界中存活下来。

请时刻保持清醒、警惕，不要被时代旋涡所吞噬。

规则1 不要在野外拾取任何食物，即使你已经很饿。如果你听见有什么东西在敲打你的马车，不要向窗外看，催促车夫加快速度离开这里。

规则2 如果有人递给你黄色头巾，或邀请你喝下符水，前往无忧无虑的人间乐土，不要相信，不要拒绝，不要回应，立即离开。

规则3 汉宫等级森严，秩序井然，除皇帝外的男子不得进入后宫，女子不得进入前朝。如果你发现了能自由游走的第三种"人"存在，请立即屏住呼吸，不要让它们察觉到你的存在。

规则4 如果你在夜里听见有集市上叫卖的声音，请继续装睡，不要被吸引，更不要出门购买任何物品。按照汉律，钟鸣漏尽，雒阳（今洛阳）城中不得有行者，违者杖杀。

规则5 进门后，请仔细检查房间的所有角落，如果发现有插满针的人偶，立即烧掉，但不要让其他人知道你发现了这一切。

规则6 如果你在街上遇到了屠夫，切勿与他对视，这样很容易激怒他，更不要偷看他美丽的妹妹。

规则7 请不要在深夜独自进入皇宫，即便向你发出邀请的是你的亲人。如果一定要去，请带上足够多的亲兵，并保护好自己的头颅。

规则8 不要企图引诱野狗来噬咬凶恶的家犬，如果你已经这样做了，请马上离开雒阳，并带走你在这里的全部亲属。

规则9 如果有一位"面容慈祥"的董姓军阀向你伸出援手，不要相信他。如果违反本条，我们将无法对你的安全负责。

请翻开下一页查看规则解密

规则解密

规则1

很遗憾，与其他时空不同，在东汉末年，我们无法为你提供一份详尽的美食指南。

不如说，比起"吃什么"，如何不"被吃"才是你眼下急需考虑的问题。

公元194年，三辅（京畿地区）大旱。从四月到七月，正值春耕时节，整个京畿地区却滴雨未落，数十万张嘴都在等着吃饭，但粮食从哪里来？谷子的价格已经飙涨到了一斛五十万钱，豆麦也涨到了一斛二十万钱，一时间不知多少大户之家为了一口饭倾家荡产。这还是有钱人的情况，那么更多的穷人呢？《后汉书》中用八个字描述了当时的惨象："人相食啖，白骨委积。"

朝廷也不是没想过挽救这触目惊心的危局，从施粥放粮到大赦天下，科学的、玄学的方法都试过了，非但没用，各种天灾反而愈演愈烈。短短百年之间，东汉便爆发了多次地震、旱灾、洪涝、霜冻，蝗灾更是从未断过，很难让人不怀疑，是有一只无形的手，将延续了四百年的汉朝写进了《死亡笔记》。

有人说，作为"末日文"资深读者，我若是回到汉代，一定早早屯够粮食，闭门不出，总能保住一条小命了吧？

别急，后面还有瘟疫、酷吏和兵祸在等着你。

最后，衷心祝愿穿越过去的你，不要成为那个倒霉的炮灰。

规则2

除了天灾外，幽灵般的瘟疫也随时都会要了你的命。

仅汉灵帝一朝，关于瘟疫记载的次数就有五次，大量百姓因此而亡，即便侥幸不死的，也日夜饱受病痛折磨。写下《伤寒杂病论》的医圣张仲景一族原本有二百余人，但在短短十年之内，就有三分之二的人因为瘟疫而去世。曹植也在《说疫气》中写道："建安二十二年，疠气流行，家家有僵尸之痛，室室有号泣之哀。或阖门而殪，或覆族而丧。"

虽然当时也有医者四方施药，悬壶济世，但医治的速度根本赶不上疫病蔓延的速度。无数百姓求治无门，只能将希望寄托于神道，于是"太平道"趁势而生。

"太平道"教主张角自称"大贤良师"，奉事黄老道，用符水和咒语为弟子们"治病"，被奉为神仙，信徒多达十余万，遍布天下。这些人在张角的劝说下聚集成一股起义势力，他们头上都裹着黄色头巾，因此也被称为"黄巾军"。

黄巾军高喊着"苍天已死，黄天当立，岁在甲子，天下大吉"的谶言，在各州县攻城掠地。朝廷为镇压这股强大的势力，不得不放权给地方的官员和将领，虽然最后黄巾军被镇压了，但军阀割据、拥兵自重的局势已然形成，更有无数地主豪强趁势起兵，交相混战。

大汉，彻底乱成了一锅粥。

规则3

能吞噬人命的，不只有天灾和瘟疫，还有来自统治阶级的"人祸"。

东汉宦官干政由来已久，到了桓帝和灵帝时期，宦官的权势更是膨胀到了不可收拾的地步。延熹二年（公元159年），汉桓帝依靠单超等宦官的协助，除掉了跋扈的外戚梁冀，从此，他对宦官越发偏爱纵容。在近侍们的蛊惑下，他开始大肆抓捕抨击宦官的"党人"，最终酿成了惨烈的"党锢之祸"，数百士人被迫害而死。从小长于宦官之手的汉灵帝更是常常把"张常侍（张让）是我公，赵常侍（赵忠）是我母"挂在嘴边。在这样扭曲的统治下，宦官俨然成了朝堂上最不能得罪的人，就连皇帝也成了他们手中的提线木偶。

宦官们对臣民的荼毒激起了大大小小的反抗，地方军阀和各地百姓接连起兵反叛，宦官与大将军何进的矛盾，更是东汉灭亡的直接导火索之一。

规则4

看着这一手烂牌，你心说，我要是当时的皇帝，可得愁死了。

多虑了，焦虑的尽头是摆烂。当一盘棋怎么都盘不活的时候，当时的统治者汉灵帝干脆两手一摊，选择了啥也不干。但你要说他在位期间一事无成，那倒也不准确。首先，这位喜爱钱财的帝王即位不久，就盘活了宫中的"市场贸易"，对外，他大肆卖官鬻爵，供不应求；对内，他大开坊市地摊，亲自叫卖。也不知道他一个锦衣玉食的天子，为什么对做生意有那么浓厚的兴趣？别问，问就是他喜欢枕着钱睡觉的感觉。

规则5

前朝如此混乱，后宫自然也不太平。

建宁三年（公元170年），出身并不显赫的宋氏入选掖庭，被封为贵人。可能连她自己也没有想到，短短一年之后，自己便可以速通宫斗所有关卡，一跃成为汉朝的皇后，并且是皇帝的第一任皇后，但凡放在一个正常点的历史背景下，这都是篇"帝后甜宠文"——可惜她碰上的是汉灵帝刘宏。

当灰姑娘嫁入皇室，幸福的童话却变成幻影。贪婪狡诈的权宦和自私荒淫的丈夫围绕着她，她苦苦维持的婚姻，更是在一桩和她没有半文钱关系的灭门惨案之后彻底粉碎。

之所以说没有半文钱关系，是因为当时的情况是这样的：当时灵帝身边有一位得宠的中常侍，名叫王甫，他蓄意害死了汉灵帝的叔叔勃海王。巧的是，宋皇后的姑母正好是勃海王的王妃，于是王甫就将他们夫妻俩一起埋了，担心被报复，他转头又将杀戮的目光转向了久居深宫的宋皇后。

宋皇后瑟瑟发抖："咱们说好，杀了我姑母，就不可以再杀本宫了。"

王甫应允："好说，好说。"转头就跑到汉灵帝面前，栽赃宋皇后藏了扎满针的小人，欲行巫蛊之术，谋害陛下。

宋皇后心想，你们汉朝谋害皇后只有这么一个套路吗？你这么搞，将来历史剧演到我这集都没有什么收视率的……

然而汉灵帝不在意收视率，汉灵帝后宫的女人千千万，在他眼里谁来当这个皇后并没有分别。公元180年，汉灵帝立宠妃何氏为后，这位何皇后出身卑贱，乃是一介市井屠夫的妹妹，但别忘了，汉灵帝口味刁钻，就吃这套。于是原本在大太阳底下屠猪卖酒的何进借妹妹的光，一跃成为当时最有权势的大将军。

至此，东汉王朝也终于再次凑齐了昏君、权宦、外戚"三件套"，离覆灭又近了一大步。

规则6

中平六年（公元189年），汉灵帝刘宏终于走完了他充满笑料的一生。

然而，他却留下了两个儿子和一道难题——天亮之后，坐上龙椅的究竟是何皇后所生的刘辩，还是王美人所生的刘协？对此满朝文武表示，他们也很想知道。

那么我们就来比较一下双方的阵容。首先，刘辩在身份上是比较占优势的，母亲是皇后，自己又是嫡长子，舅舅何进手握兵权，照理说，是该稳稳压过陈留王刘协一头的。但刘协这边的配置也不低，虽然他的生母王氏早已被何皇后鸩杀，但正因如此，这位小皇子从小就被送到董太后处抚养，既稳重又聪明，占尽了汉灵帝的宠爱。汉灵帝每每在太后宫里逗完小儿子，回头再看见跋扈的何皇后和自己有点阴郁的长子，都会考虑要不要更换一下储君人选。

对此，被嫌弃的刘辩表示：父皇，您在挑剔儿子之前，要不要先找面镜子照照您自己？

汉灵帝临终前，特地将刘协托付给了自己最信任的宦官上军校尉蹇硕。作为一位手里同样有兵权的资深宦官，蹇硕深谙如果不杀人，就会被人杀的道理，所以他决定先下手为强，当天夜里便使出一招汉家祖传绝技——鸿门宴。

只可惜天有不测风云，宦官队伍中也有内鬼。

蹇硕不知道，自己帐下的司马潘隐和何进有旧交，消息转头就被卖给了何进。何进连夜逃回了军营，这才躲过一劫。蹇硕棋差一着，刘辩也被顺势推上了帝位，何氏集团取得了完全的胜利。何大将军独掌大权，第一个要除掉的，当然就是差点要了自己命的蹇硕。

蹇硕被吓得如同热锅上的蚂蚁，连忙向汉灵帝的"干爹"张让、"干妈"赵忠等宦官求助，表明大家都是宦官，自然应该"宦宦相护"。想不到张、赵在阴毒这一领域更是无人能及，为了保全自身，反手就将蹇硕的密谋一五一十地报告给了何进。何进大怒，诛杀蹇硕。

《刘辩登基记》，又名《蹇硕被自己人背叛的一生》。

规则7-9

蹇硕之死让何进放松了警惕，他忽略了宦官们既然能背刺蹇硕，也能背刺自己。

因此，他并没将司隶校尉袁绍"斩草除根"的建议放在心上。与此同时，何家人也都被宦官们所收买，轮番向何进发射糖衣炮弹，尤其是深居宫中的何太后，更是承袭了亡夫的遗志，成了宦官们的死忠粉。

何进是因为这个妹妹才咸鱼翻身，自然对她有所忌惮，正当他举棋不定之时，袁绍又为他出了一个新主意："太后既然不听话，您就吓唬吓唬她。现在四海之内有那么多猛将豪杰，您不如将他们都召来，他们手下有那么多兵马，太后见了这阵仗自然害怕，就不敢再阻挠您的计划了！"

不知道数年之后，袁绍在讨董的行军途中想起自己的这番话，会不会坐起来给自己两巴掌。反正当时这俩"大聪明"是一拍即合，都觉得此计绝妙，当即发下招募令，邀请各地豪杰进京"兵谏"，其中就包括雄踞一方的董卓。

四方兵起，不仅吓坏了何太后，也将宦官们逼到了绝境。眼看面前只有死路一条，宦官们决定铤而走险，与何进拼个鱼死网破。

中平六年（公元189年）的某一天夜里，何进奉太后诏入宫。可他没有想到，等待他的并不是自己的妹妹，而是宦官们雪亮的刀锋。

意识到事情不对的朝中大臣们上门质问，得到的却只有一颗从门内丢出的头颅。袁绍等人趁机带兵进宫，诛杀群宦，焚烧宫殿，想逼出张让等人。张让等宦官只好挟持天子刘辩、何太后和陈留王刘协逃上了北邙山。

逃亡过程中，河南中部掾闵贡追上了少帝刘辩一行，惶惶不安的张让跳河自尽，闵贡则带着少帝刘辩回宫。后来董卓赶到，带着大队兵马入京的他废黜了刘辩，改立刘协为帝（汉献帝），一时间权倾朝野。

一年后，刘辩在董卓的胁迫下自尽。

董卓把持着朝政，在京中胡作非为，其他地方的军阀老早就看他不顺眼了，纷纷起兵讨伐董卓——东汉末年的军阀混战，三国鼎立的雏形，正式拉开帷幕。

现在你已经获得了许多穿越前的必备知识，请谨记，一定要重拾历史，在人类彻底遗忘它之前……

史官，准备好出发了吗？

刘辩

拂罗/文

中心藏之,何日忘之

尊敬的回溯者，您获得了新道具——玉镯。在玉镯的帮助下，您将回到那个群雄逐鹿的三国时代。请时刻记得，完成你的任务，补全相应的史书。

玉镯介绍

发放给每一位时空史官的系统装置，用户可输入翻阅资料/乔装身份/潜行等常规指令。

注：输入颠覆历史等违规指令会导致设备损坏，使您永远被困在历史中。

设备锁：给历史人物输入违规指令，会导致自身重伤甚至死亡，请务必注意。

备注：玉镯在时空中无端丢失，请尽快找回……

待完成任务

史官任务：记录刘辩被废至死亡这半年的史料

人物：刘辩

年代：公元189年

背景：东汉末年，汉灵帝驾崩，少帝刘辩仅仅在位137天，历经了一系列事件：母舅何进因铲除宦党，计划失败被杀；宦官张让等人挟持少帝出宫，兵变事败，投河自尽；董卓入京后把持朝政，昭宁元年九月废黜少帝，改立刘协……次年，刘辩被囚禁，受迫饮毒酒而亡。

人物档案：嫡出皇子，母亲为宫女出身的何皇后，因灵帝的其他皇子皆夭亡，所以自幼被母后送到道人史子眇家中抚养保护，回宫后因举止缺乏威仪为灵帝所不喜。

刘辩

正在溯入时空——

汉宫黑暗，床帷低垂。

寝殿如同一座巨大的金丝笼，少年踞坐榻上，执棋自弈。

他的右腕扣着一枚白玉镯，微微泛起清冽而锋利的华光。少年不经意抬手，清冷的侧影在玉镯上时隐时现。

白子气势汹汹，攻城掠地，而他手执最后一枚黑子，正轻轻落定。

他总是将自己代入弱势的一方，被逼得步步后退，被杀得片甲不留。

传闻——

昨日废帝在董卓威逼下让位，解下玺绶，向九岁的皇弟俯首称臣。朝堂上有人愤怒，有人怜悯，唯独年少的废帝眼神如同死水，毫无波澜。

与她重逢前，这纵横棋盘，成了他亲手为自己编织的死局。

中平六年（公元189年），九月初二。

棋盘倾覆，寝宫昏暗。陌生的白衣少年正被你压在身下，抬起双眼，凝望着你："你是……"

不久前。

为了找玉镯，你溜进汉宫，意外遇见被囚禁于永安宫的何太后，她明日将会被董卓毒杀，与废帝天人永隔。

昔日强忌的女人，此时正紧紧抱着儿子的画像，低声抽泣。

少顷，她抬起头突然看到面前的你，骇然尖叫："你就是当年那个女妖道！快来人啊！"

羽林军闻声赶来，你不想恋战，撒腿就跑。

"妖道别跑！"

"我不是什么妖道！"

视线尽头出现一座阴森的寝宫。

轻轻推开殿门，你闯了进去，想藏进榻床纱帘的后面，却见面前静静端坐着一道修长的人影。

"啊！"你跌进帐里。

帘后的少年淡淡朝你一瞥——

他穿着一身冷白色衣服，纤长的手指指尖还夹着一枚黑子。让人感觉与他相逢应是在亘古不化的雪山前，不应在这山雨欲来的汉宫。

"小心！"

你踉跄滑倒，按住他单薄的双肩，冷不防将他推倒在床。少年蹙眉"嗯"了声，仰起头，平静地慢慢出声，问道："你是谁？"

他生了一副淡漠的面孔，心不在焉的模样，好似并不在意你的闯入，世上的纷乱之事也与他没有任何关系。

简直……就像是留在世间的一缕苍白幽魂。

你正要道歉，听见追兵接近。

A 劫持他，藏在床上　　跳转 4

B 放开他，离开此处　　跳转 6

2

你用力一甩，将匕首掷向地面。

"当啷——"

刘辩

乘此间隙，你扑过去紧紧抱住刘辩。

他身子微僵，白衣间飘来一缕清冷又复杂的熏香味。

刚见面就抱人家，确实太奇怪了！

你尴尬得脸上发烫，支支吾吾道："不这样的话，我怕你去抓匕首做傻事，你看，哪有刺客会这样在乎目标性命的？"

"目标？"刘辩垂了垂眼，语气自嘲，"这么多年过去，我也仅仅是你的任务目标而已？"

难道又被认成别人了？这对母子怎么回事啊！

"其实我是王府新来的侍女，初来宫里，闹了误会，"你决定先稳住他，"殿下在这里生活，很孤单吧？我来接你去王府，好不好？"

玉镯检测到主人，发出欢快的声音，刘辩抬起右腕看着它，若有所思："你说……你是侍女？"

殿门"砰"地被推开，羽林军居然闯进来搜人！

刘辩迅速掀起锦被，将你盖住。

本就缺少威仪的废帝，如今已丧失了所有尊严。

你不禁略感凄凉，所幸士兵终究不敢冲撞天家，行礼退了。

你赶紧握着刘辩的手连声感谢，刘辩露出一丝意外的神色。

"你还记得当年赠我镯子的人是谁吗？"他话语中似有深意，见你发愣不语，刘辩叹了口气，"罢了，我相信你。"

☽ 跳转5

3

庭中夜凉如水。

"你怎么又让我赢了！"你一边愤愤道，一边收拾棋子重新开局。

"高祖常在秋天与戚夫人下棋，从此成了汉宫中的风俗。传说在这一天下棋,赢家可以终年有福。"少年坐在棋枰另一侧,执起黑子,朝你抬眸,"我希望你能幸福。"

眼神认真,语气坦诚。

你愣了一下,故意投子,高嚷道:"我输了——"

刘辩眨了眨眼。

你笑吟吟托腮回望他:"我也想祝你有福,不行吗?"

他望着你,眼中神采微动,语气却故作平淡:"拿你没办法。"

你好奇追问:"输家会如何呢?"

刘辩沉默一下:"可能遭遇疾病之灾。"

你心中暗忖:"下个棋而已,要不要这么认真?!"

刘辩从容地拿起剪刀,起身朝你俯来:"料到你会故意认输,破解之法,我早就准备好了。"

明明年龄不大,怎么他才是最老成的那个?

像是镀了银的月色下,他古井似的黑眸倒映出你紧张的模样。他伸手撩起你的一绺长发,将它绕在指尖。

"别动。"

他小心地剪下你的那绺长发,然后递予你:"握住它。"

"输家要免除灾难,就取一缕发丝,面朝北辰星,乞求它赐予长命百岁。"

你被少年牵着起身,面朝星河,无声许愿。

囚笼之中,他分明不再期望自己能长命,此刻却为你祈福,侧脸神情是如此认真。

你想起他曾讲过的一件往事——

刘辩幼时,史子眇曾来宫中,说服皇后将刘辩交给自己抚养,于是,年幼的刘辩在民间度过了一段自由惬意的时光。

孩子思亲,史子眇便教他祈福。

小小的刘辩也曾虔诚地朝着漫天繁星,一遍又一遍为爹娘祈福。

刘辩

"回宫后,我太过向往民间,父皇因此厌恶我,对送我出宫的决定后悔不已。我能当上皇帝,全靠母舅权势。"少年缓缓仰头,仿佛在说无关紧要的旁事,"这世上,所有不爱我的人都盼我早日去死,所有爱我的人都想利用我。"

"爱"这个字眼,他发音太轻,如同叹息。

"我不会利用你,"你握住少年的手,笑着回答,"如果你的生命来到终局,刘辩,至少我会陪你走完这段日子。"

跳转回5

4

你拔出匕首抵在少年脖颈:"嘘,别动!"

床帐间安静极了,只能听见少年轻而平缓的呼吸声。

一队羽林军从殿门外路过。

你紧张得屏住呼吸,侧耳细听,不经意间,一缕长长的发丝轻轻扫过少年白皙的脸侧,他似乎觉得痒,扬起脸庞注视着你,欲言又止。

你将长发撩到耳后,示意他噤声,听追兵走远才长出一口气:"呼……谢谢你。"

少年垂眸扫了一眼你手中泛着寒光的锋刃,平静地闭上眼,居然毫无挣扎之意。

这小孩怎么回事?!

看着他稚嫩的脸庞,一阵欺负小孩的愧疚感涌上心头。

"你叫什么名字?"你拉着他坐起,连忙解释,"别怕,我不是刺客!你……你有什么难处吗?"

对方长睫微颤,缓缓睁眼。

"我的名字……"本来面无表情的古怪少年,因这凄然的目光,连同柔弱的容貌都令人格外惊心,"叫刘辩。"

刘辩！

"你就是……"你惊讶到无以复加，"那位废帝？"

明年三月会被董卓毒杀的刘辩。

少年漆黑的眼睛缺乏神采，深邃得仿佛无星无月的长夜。

"持刀入宫，不是刺客是什么？"他凑近些，压低声音，"你……不敢对一个废帝动手吗？"

你留意到，他右腕上那枚白玉镯发出微光。

这是……你的镯子？！

A 放下匕首 跳转8

B 语言感化 跳转2

5

数日后，你们搬到弘农王府。

他们甚至只给了几辆寒酸的马车！可恶，这也太窝囊了！

马车颠簸，你低声把董卓大骂八百遍，而白衣少年面色平静，悲喜不辨。

"你在嘀咕什么？"他问。

"替你骂董卓，"你振振有词，"董卓肯定活不过三年，天下英雄得而诛之！"

刘辩淡然地问："那你觉得我能活几年？"

你一时语塞，沉默半晌又说道："你只要不干傻事，一定能长命百岁，知道了吗？"

雒阳城山雨欲来，车帘吹起，街上的士兵正在欺辱百姓。

哭喊如刀，刺入耳膜。

刘辩

你脸上布满了惊恐,车帘却被刘辩伸手拽下,低声吩咐:"闭眼,不要看。"

"可是我们……"

"要见死不救吗?"这句话被你咽下。

你看见刘辩慢慢低头。

他已是毫无实权的废帝。

无尽的晦暗在少年的眼底慢慢翻涌,他苍白的指尖缓缓颤抖,慢慢遮住你的双眼。

你闭上眼。

曾经的少帝,眼睁睁看着天下满目疮痍,看着母亲被人毒杀,那是何等屈辱、不甘与愤怒?

半晌后。

"还闭着眼做什么?我们到王府了。"刘辩的语气无波无澜。

什么?

你不可置信地睁开眼,见少年平淡地坐着,如同一尊精致而苍白的雕像。

他身上有着两种截然不同的气质:一个阴晦得像无尽夜,另一个却淡漠得如天上月。

这一切与玉镯会有关系吗?

距离刘辩被毒杀还剩五个月。

王府位于雒阳城内,也算气派,但被严密看管着,身为主人的刘辩反而不得踏出半步。

一位寂寞的废帝,一位旁观的史官,你们相依为伴,不知不觉就过了许多日子,而刘辩愈发依赖你:早膳午膳、庭中下棋……秋去冬来,隐隐欲雪,你笔下的记录渐渐有了眉目。

A 追月 跳转 3

B 逐夜(游历 3 后开启) 跳转 7

6

你跳下床，翻墙逃跑，却被外面的羽林军逮个正着。

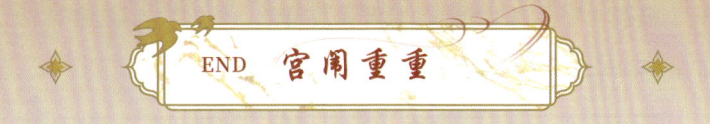

END　宫阑重重

7

二月，雒阳城迎来最后一场雪，你们溜出王府。

满城银装素裹，街上摊贩叫卖。

你知道，这是刘辩生命中最后一次踏出王府。

"听说曹孟德起兵了，"你宽慰笑笑，"各地讨董，要恢复你的帝位呢。"

少年慢慢仰头望向灰白的天穹，轻声开口："好漫长的一场雪啊！"

他或许早已猜到结局。

董卓必会提前杀害刘辩。

"其实我最害怕的人不是董卓，而是我自己，身为傀儡帝王的自己。身为皇子，我无法让百官信服，身为皇帝，我保护不了百姓……皇位传到我这里，大汉早已分崩离析，我什么都做不到。"他慢慢叹气，"天子，成了活着的玉玺。"

你心中微痛。

"杀人啦！"

满街炸开惊乱声，是许多董卓兵大肆掳掠，打家劫舍，砍杀百姓。

你的手被少年握紧，攥得微微发疼，他将你护在身后，眼神由沉痛转为冰冷。

他眼里的晦暗，迸发着向死的悲凉。

"我不会再见死不救了，"刘辩缓缓拔剑，"我护不住天下，但至少此刻，我能保护眼前这几十个百姓。"

"以一敌几十，这么刺激，"你笑着迈出，与他并肩，"当然要算我一个。"

037

刘辩

大雪如沸，刀光剑影，你砍翻几个踢踹百姓的兵士，救下几名妇孺。

好漫长的一场雪啊！

被你们鼓舞，更多百姓抡起农具开始反抗，兵士们发出轻蔑的怪笑。

我们是否什么都做不到？

当手中的长剑被弹飞时，你意识到，兵痞的数量远远不是你们能抵挡得住的。

你挨了几刀，被兵士重重踹飞。

视线渐渐模糊起来，糟了……刘辩有没有受伤？

雪愈发凄烈，你被刘辩扶稳。

你看见柔弱的少年缓缓抬起右手，长袖飞卷如浪，玉镯迸出光亮。

下一刻，那兵士发出惨叫。

这是玉镯的攻击指令！糟了，他会遭到反弹的！

"刘辩，别……"

天地浩荡，满城飘雪，少年身上的白衣被风吹得狂乱，他孑立于这场盛大的飞雪中，手指一攥，霎时，你们周围仿佛满园的红梅绽开。

巨大的痛苦已经开始撕扯他的身体，刘辩脸色泛白，嘴角淌血。他抬起手，细心地用手背慢慢擦去你脸颊的血："对不起……"

你张了张嘴，伤口忽然剧痛。

视线渐渐模糊。

☾ 跳转 11

◈ 8

放下的匕首被他抓起，下一秒，少年身上被血色浸染。

你吓得魂飞魄散，而少年倒下之前，对你淡淡一笑。

这是发自内心的凄凉笑容。

"谢谢你。"

任务失败。

END 误杀

9

熹平七年（公元178年）深冬，你扮作道人入宫。

汉灵帝日夜与宫女太监嬉戏取乐，这后宫简直成了混乱的杂市。

"刘辩，你在哪儿——"

你匆匆穿行，终于在墙角找到小刘辩，他吓得捂住头，拼命地嘟囔道："我不怕，我不怕……"

被父亲忽略的孩子，日复一日地用这种方式鼓励自己。

"刘辩，我来了。"你将他紧紧抱在怀中。

你在宫里停留了许久，却迟迟没等到史子眇。

翻尽史书，寻不见此人更多资料，你找不到他。

怎么回事，难道史子眇不来了？再这样下去，刘辩迟早会沾染他父亲的脾气，历史也将改写。

时间过得很快，因年幼的刘辩依赖你，宫人对你十分恭敬，连何皇后都召你谈话，话语之间，她十分担忧儿子会夭折。

一个令你战栗的想法闪过大脑。

散乱的历史在眼前渐渐串了起来，这历史上缺失的人物，正是你。

从穿梭时空那一刻开始，你也注定成为历史中的一环。

此后几年，由你带着小刘辩在民间长大。

你教他朝星河许愿，祈福爹娘平平安安。

长大后少年那凄然的笑意，时常在你的梦里浮现。

刘辩

送他回宫的前夜——

东汉皇帝世代短命，你解下镯子护他平安："要好好活着，知道吗？"

小刘辩眼泪汪汪地问："你要走了吗？"

你拍拍他的头，安慰道："我们会重逢的。"

穿梭时空时，你看见刘辩寂寞地长大，独自走向死亡倒计时。

直到重逢相拥，少年眼中的晦暗蓦然被驱散。

命运如镯，悄然闭环，你与他的相遇其实早已注定。

那夜星子漫天，少年与她并肩，无声许下私心的愿望。

愿她记起他。

纵然他知道，她回来的使命是目睹他的死亡。

她是如此明艳热烈的一捧光，使他想要飞蛾扑火。

他饮鸩止渴，他甘之如饴。

初平元年（公元190年）三月。

山雨欲来，宴会肃杀，当手捧毒药的李儒一步步走向刘辩时，年少的废帝正换上一袭紫色华服，静静等待着什么人。

你擦擦眼，朝他跑去："那些故事我都经历过了，谢谢你，能先记起我……"

柔弱的少年唇角微弯，声音温柔："中心藏之，何日忘之。"

目送刘辩　　跳转 10

10

毒药在他脚下铺成路，通往最寂静的漆黑，史书中落寞的少年，终将孤零零地走向终结。

你哽咽着点头。

"别难过,"刘辩抬起指尖为你拭泪,"不然,我就舍不得离开了……"

癸酉,董卓使郎中令李儒鸩杀弘农王辩。

——《资治通鉴》

少年仰头饮下毒酒。

"天道易兮我何艰……弃万乘兮退守蕃。逆臣见迫兮命不延,逝将去汝兮适幽玄……"诀别时,他轻轻捂住你的眼帘,不让你看到他最狼狈的样子。

原来,拼命压抑住所有的情绪时,会是这般痛苦与绝望。

你努力地笑:"再见,刘辩。"

后来,这段故事被放回书阁,上面曾沾满某位史官的泪水。

他最后颤颤低诉的话语,化作你记录笔迹的最后一行——

"记住我,不是史侯,不是少帝,仅仅是……刘辩。"

END 中心藏之

你没料到自己会昏迷半个月。

身材单薄的少年努力将你背回王府。

"她有没有事?"他语气第一次如此急切,"何时能醒?"

医师摇头叹息。

刘辩坐在你床边,牵起你的手:"你醒一醒,睁眼看一看我……"

他是无悲无喜的淡月,亦是雪里殉葬的凄夜,此刻却因你而方寸大乱。

刘辩

刘辩每天在你床边自言自语。

"姐姐，我在民间寥寥几年的快乐，都是你赐予我的。"

"你走之后，我无法忍受宫内孤单的生活，便向镯子许愿，压制住所有情绪……镯子的力量是我意外打开的，我看到了你的身份，原来你的目标只是见证我的死亡。"

"我因此万分痛苦，却又克制不住思念你，所以才许愿……忘了你。"

深藏的秘密，他只说给你一人听。

"幸好，重逢那天你拥抱我时，我全想起来了。"

你慢慢睁眼，窗外已成春景，刘辩趴在你的床边睡着了。

少年的身子清瘦了许多。

你伸手戳戳他的脸："刘辩？"

刘辩慢慢抬眼，惊讶与喜悦在他瞳中渐渐扩散，倒映出你微笑的模样。他朝你伸出手，却又习惯性地往回缩了一下。

"姐姐……我又在做梦吗？"

你昏迷期间，百姓反抗的事沸沸扬扬传开，董卓气势汹汹地过来搜人，而刘辩不动声色地将你妥善藏好。

你意识到死局已十分迫近，几日后，董卓会派郎中令李儒假借送药，用毒酒逼死刘辩。

"刘辩，你为什么不杀掉董卓？"你鼻子发酸，"如果用镯子……"

话未说完，你发现玉镯已被戴在你的手上。

"你昏迷的第一天，我就把它戴在你的手上了，"刘辩轻轻回答，"如果我早些还给你就好了，你也不会受伤。"

"我恨不得将董卓千刀万剐，可是……"他偏头一笑，"这样的话，你就没办法完成任务了，不是吗？比起自己，我更在乎你。"

042

"一杯毒酒,那是我的终局,但绝不会是你的。"

原来他知道。

你内心震动,说不出话。

这个孤独的孩子,他虽然仰头对你笑着,眼底却好似将碎的玻璃,将七零八落的情绪拼起,再小心翼翼地将自己呈给你。

你抱住他。

床帐之间,静得只能听见你们二人颤抖的呼吸声。

"我是……来自汉朝之外的一名史官。"你将秘密讲出,"刘辩,我的任务是目送你走向死亡……"

你本应是朝代的送葬人,历史的旁观者,此时却为了眼前少年哽咽。

"没关系,我知道。"刘辩轻轻回抱你,闭上双眼,"谢谢你,你是我活着唯一在乎的人。"

"为什么这样在乎我?"你问。

你被他抱得更紧。

"你回去看一看那时的我,好不好?你一定能想起我……就像我想起你那样。"

"好,"你忍住眼泪点点头,"你可别偷偷瞒着我,自己先去赴那场宴。"

跳转9

英雄无觅

第一卷

东·吴

周瑜　孙策　吕蒙　陆逊

点击

孙策

拂罗/文

重返父亲少年时

待完成任务

史官任务：补全孙坚少年时的资料

人物：孙坚

年代：公元 172 年

背景：距"黄巾起义"还有十二年，"党锢之祸"已然发生，山匪海贼为祸四方。

档案：孙坚，字文台，吴郡人，孙策生父。家境贫寒，家中以种瓜为业。孙坚少为县吏，容貌不凡，性阔达，好奇节。十七岁随父来钱塘办事，遇海贼胡玉团伙，孤身吓退贼人。

此事传遍吴郡，孙坚被任命为假尉。同年，稽郡人许昌自称"阳明皇帝"煽动各县作乱，孙坚招兵买马，将其击溃。

而后数年，孙坚镇压黄巾军，率兵讨董。在讨董联军畏手畏脚之际，唯孙家部队打得董卓节节败退，而后率兵入雒阳，见苍生惨状而潸然落泪。后来，袁术派孙坚攻刘表，孙坚中箭战死，享年三十七岁。

已完成任务

史官任务：补全孙策少年时的资料

人物：孙策

年代：公元 191 年

背景：孙坚战死后，家业的重担压在长子孙策肩上。虚岁十七岁的少年，正待守孝结束后踏入风云，为父复仇。

档案：孙策，字伯符，孙坚长子，孙权长兄。美姿颜，好笑语，性阔达听受，善于用人，是以士民见者，莫不尽心，乐为致死。

多年后，孙策与袁术决裂并扩张势力：袭取庐江、大破黄祖……一统江东。孙策虽性情猛锐冠世，然而轻佻耿噪，与其父如出一辙。公元200年，二十六岁的孙策出猎时趁兴甩开随从，被许贡门下刺客射中，重伤，不久身亡。

正在溯入时空——

父亲的死讯来得猝不及防。

家主下葬那日，孙家哭声不绝。

十七岁的新家主，紧紧牵着懵懂幼弟孙权的手，安静地站在满府飘飞的白幔之中。少年英俊的脸仰向苍天，眼中无泪，脸上无悲。

这来自于乱世的沉重压力，如倾塌的冰河朝他袭来。

倘若是父亲，会如何熬过这艰难的一步？

他忽然留意到府内多了一位从未见过的姑娘，身边的人都悲哭哀恸，唯她奋笔疾书，与周围人格格不入。

很可疑。

他大步走去，逆光而立："你在做什么？"

众目睽睽，那少女竟毫不胆怯，落落大方地抬头朝他笑道："孙郎？我正有事求教。"

1

熹平元年（公元172年）春，钱塘闹市，你和孙策周围人声鼎沸。

"快看！"

都怪这家伙，身为古人却非要跟你一起穿越！

看着眼前笑容满面的英俊少年，你满脸不爽。

"原来当年的钱塘这么热闹！快来，这边还有卖燔炙（烤肉）的！"他一指前方。

047

孙策

对于被围观这种事，帅哥本人习以为常。见他走路生风，你快步跟上："喂，你腿长了不起吗？"

孙策冷不防回身，你停步不及，撞在他的胸甲上。

"猪肉羊肉，你喜欢吃哪种？"他举着烤肉，"哎呀，别生气了，我答应再也不吓唬你了，说到做到。"

又是这种哄妹妹似的语气！

你悠悠回忆着来龙去脉——

这次任务是补全孙家父子少年时的历史资料，你先穿越到公元191年，见到了十七岁的孙策。

满府哭声，唯独孙策一滴泪都未落，坚定如乱流中的磐石。

沉着，坚毅，老成。

英朗风发的少年，就连眼底偶尔划过那一瞬迷茫与感伤，仿佛都成了错觉。

你低头奋笔疾书。

"你在做什么？"

日光被他遮挡，你笔尖微顿，抬头与孙策四目相对。他视线往下，扫过你手中的史册："咦，这个是？"

见他伸手要拿，你赶紧将史册藏在背后。

孙策一挑眉，若有所思。

糟了，他起疑心了！

你稳定心神，朝他笑道："孙郎？我正有事求教。"

孙策并不反感你的直白，他大度地应下，吩咐下人引你进屋，席间详谈。

"实不相瞒，我是一位史官……"你坦诚地将身份与目的相告。

"这么说，你接下来要去见我爹？"他神秘兮兮地压低声音，"带我去如

048

何？让我瞧瞧你的通天之能。"

带古人穿越？

你正要拒绝，见他笑意微敛。

少年余光扫向你脚边的竹席，腰间佩刀骤然出鞘，冰冷的刀刃险险擦过你的肩膀，"锵"的一声将那竹席斩去一角。

难道他想杀你？！

A 继续坐着 跳转6

B 起身 跳转7

2

"伯符！"你拽住孙策衣角，附耳过去，"这位就是你爹……"

孙策面露诧异。

眼见孙坚收招不及，刀锋劈来，孙策一把将你护在自己身后，单手横刀，挡住了攻击。

锵——

"好身手！"孙坚赞叹。

"等等！"你连忙放声，"早听闻孙文台鼎鼎大名，我们特来结交！"

"你是说……与我结交？"孙坚惊讶地睁大眼。

难道他起疑心了？

下一刻，你们看见孙坚叉腰大笑："我知道，我的名字早就响彻吴郡啦！走，我请你们吃瓜！"

孙策和你眼神交流，仿佛在说："你确定这位是我爹？"

"很确定。"

跳转5

3

送孙策离开后,你暂时留在这里,目送孙坚离开吴郡。

"小妹,我走啦,咱们后会有期!"临别岸边,孙坚爽朗的笑声响彻芦苇荡。

你牵马静静地站在黄昏里,笑着与他挥手告别。

大抵不会再见面了吧。

世间有谁擅长永别呢?

你转身牵马徐行,偶然听见身后响起白鹭振翅之声——

夕阳下,远方的少年策马驶过芦苇丛,故意惊起一岸的白鹭。远远望去,千顷浪上长风猎猎,一刹那,仿佛这天地间霎时扬起了离别的雪。

你说过的美景,原来他都记得。

你笑笑,心中悄悄释然。随后翻身上马,缰绳一甩:"驾——"

END 白鹭飞

4

最近听着百姓们的议论声,你隐隐觉得事情有变。

"那妖贼仗着奇特的武器,把官兵打得落花流水……"

史书记载,"会稽妖贼许昌起于句章,自称阳明皇帝……坚以郡司马募召精勇,得千余人,与州郡合讨破之"。

为何与历史不符?

"我要去看看他,先送你离开这里……"你转动玉镯,却被孙策坚定地握住手腕。

"我答应过要当你的保镖,怎能半路食言?"他笑容明朗。

平叛战场,烽烟蔽日。

"随我杀！"孙坚高声厉喝，"不得后退！"

身披盔甲的少年挥舞长刀，率军勇猛进攻，却未曾留意暗处那黑洞洞的枪口。

"砰——"

你猛然想起，之前有个史官误将他的专属装置扳指遗落在其他时空，不得不一直被困在熹平元年（公元172年），看样子他竟想趁机称霸！

你与孙策分头行动，提剑穿梭在战场，寻找叛徒。

子弹击中骏马，孙坚敏捷地在沙地一滚，安然落地。几名叛军要朝他袭击，被孙策击退。

他朝孙坚伸手，拽他起身。

杀声中，两个面容相似的少年并肩作战，刀影招式，配合无间——

你高喝："伯符，文台，小心！"

"砰！"

第二枪穿透劲风，直直朝孙策射去，你仓皇回望那一眼，战乱仿佛变得静止。

子弹破甲，血花飞溅。

当孙策再抬起头，他分明听见腥风里传来父亲的爽朗笑声——

"最后再护我儿一次！"

护在他面前那战神般高大的男人，英姿飒爽，背影挺拔："策儿，不必担心，从此以后这乱世便是你的疆场！"

孙策从错觉里回神。

那个毅然替他挡枪的少年正提刀恶狠狠砍向敌人："我说过，我会斩尽这世间作恶的宵小，再杀尽这天下该杀的乱贼！"

贼兵惊惧不已："他……他没死？！"

孙策握紧手中长刀，他缓缓抬刀，指向黑压压的千军，仰天大笑："孙郎

孙策

竟云何！"

官兵势如破竹，而你正追赶叛徒，大喝道："别跑！"

那人狰狞朝你举枪，下一瞬，表情突然变得惊恐。

自你身后左右，两名少年杀气腾腾地出现，同时挥下武器，当头斩下——

血溅了你满身。

孙坚抢先开口："小妹别急，披我的衣服！"

孙策朗笑："我妹妹为什么要披你这血衣？要穿也是穿我的。"

两个少年提刀幽幽对视。

你心中暗念："好吧，又开始了。"

短暂的打闹时光很快过去，你知道，这次真是该告别的时候了。

立谈中，死生同。少年们的故事到此为止。

属于这对父子的快意恩仇正要展开。两代孙家少年，紧紧握手之后，终将大步走向无悔的路。

剑啸西风，目送归鸿。

最后一面，要选择目送谁？

A 目送孙坚 跳转 3

B 目送孙策 跳转 16

5

在钱塘百姓的欢呼声中，回程客船徐徐出发，孙坚大口啃瓜，好奇地问道："你们是什么关系啊？"

你答道:"我是他姐。"

孙策答道:"她是我妹。"

你和孙策对视,再次异口同声道:

"他是我哥。"

"我是她弟。"

孙坚挠头,一脸困惑。

你撒谎道:"我……我们俩是同时出生的,所以……"

"原来如此!"孙坚一拍脑袋,"那你们爹娘是作甚的?"

孙策笑笑,语气平缓道:"家父是个将军,分别多年,如今只有尸身归家。"

他平时爱笑,唯独谈起父亲时,眼神平静极了。

你本以为孙坚会报以同情,入耳却是少年艳羡的笑:"此生能战死沙场,对将军来讲,何尝不是最大的荣耀!倘若以后要我选一种死法,我宁可战死疆场,也不要死在病榻上!"

他的声音响彻江面:"你们别看我现在没什么名气,我是迟早要当将军的人,不信走着瞧!天下都该知道我孙文台的鼎鼎大名!"

你再望向孙策,江风猎猎吹拂他的铠甲战袍,他瞳中映出另一位少年的恣意轻狂。这只刚刚扛起家业的江东幼虎,正望着活在二十年前的父亲,眼底各种思绪交织。

下船后。

听说你的钱袋被抢,孙坚盛情邀请道:"我的家就是挚友的家,你们尽管住!"

你一觉醒来已是半夜,孙策不见了。

睡着前曾看他倚窗望月的侧影,见你揉眼,孙策笑着偏头,语气如同哄睡弟弟妹妹:"夜还长,再睡一会儿吧。"

史书里永远神采飞扬的孙郎,世人都赞美他少年孤勇的坚强,思慕他英年奕奕的身影,又歌颂他收斟灌之遗兵,追忆他金鼓开城……最后,皆叹惋他

053

孙策

过早陨落。

听闻父亲噩耗那天,他会不会也曾有一刻悲恸?扛起江东家业之时,他会不会也曾有一刻迷茫?

经过相处,你看见孙策沉默的另一面。

披衣出屋,夜色正浓,墙头忽地出现一袭黑影,你连忙拔剑:"谁?!"

"小妹,是我。"

蹲在墙头的孙坚嘿嘿地笑,风尘仆仆地递来一物:"给。"

是你的钱袋。

你惊讶到无以复加:"你一个人去追海盗了?这么危险,怎么不叫我们!"

少年笑了笑,抬起手,如大猫一般用力蹭蹭脸庞的血:"不危险,就是场面血腥了点儿,怕你明早吃不下饭。"

此时的气氛难免显得杀气腾腾,却因他眼里真挚的笑意,并不让你觉得害怕。

"要不要听听我剿杀贼人的英勇事啊?"孙坚伸手,拽你上墙。

你与他并肩坐着:"好啊,我把故事记下来,以供后世拜读。"

"太好了!"少年眼冒星星,连忙故作严肃清嗓,"我可是单枪匹马追击他们,把一窝海盗都剿了!挨个尸体翻,终于翻到你的钱袋——"

比起早早扛起家业的孙策,孙坚的十七岁反而自由快乐。他会因为最纯粹的理由而信任你,也会因为最简单的理由对朋友敞开心扉。

多年后,当孙坚执意讨董,率兵入雒阳,修复被破坏的天家陵墓时,也仅仅是想坚守心中的大道而已。

"我哥呢?"你问。

"在城外碰见过他,要去林子打猎呢。"孙坚挠头。

"不行!"你惊得往墙下跳,却被孙坚拽住:"你别去!他当时心情差着呢,说是习惯边打猎边思考。"

你们俩互相拉扯着,墙下传来另一声朗笑:"明日要不要一起去郊外捉鱼烤来吃？"

"啊！"你被吓了一跳，栽了下去。

孙坚连忙伸手，却没抓住你，提醒道："小心！"

预想中的疼痛迟迟没感觉到。

你小心地睁开眼，发现自己栽入了孙策怀里。

那边孙坚松了口气，这边孙策却稳稳抱着你，大步朝屋内走去，似命令道："睡觉。"

第二日起床，你发现这两个家伙已经恢复了神采，为"马厩里唯一那匹马究竟谁来骑"打了几个回合。

孙坚愤愤地扯起你的袖子，说道："这可是我家的马！走，你尽管跟我上马，保证比他更稳！"

"她是我妹妹，"孙策拽过你的另一只袖子，"自然要跟我走。"

两个少年互不相让，对视间，四目燃起烈焰。

你一时之间不知该如何是好。

A 选孙策　　跳转 12

B 选孙坚　　跳转 10

6

史书记载，上次遇到这种情况的人叫严舆，失色发抖，下一瞬间就被孙策给杀了。

"孙郎这是？"你端起茶杯抿了一口。

孙策收刀入鞘，哈哈一笑："方才有小鼠跑过去，唐突了，对不住！"

果然，他此前根本没信任你。十七岁就能撑起整个家业的少年，并非凡辈。

"考虑一下？"却见他笑得好似无忧少年，"带我去，当是雇个保镖。"

孙策

数年后他一统江东，对付宗族的手段便是归顺者笼络，顽抗者诛杀。

你叹口气道："为什么非要见十七岁的文台？"

"因为……"孙策略加思索，豁然一笑，"我要找一件信物。"

"历史是会自动修正的，就算带你去，回来后你也不会记得。"你不为所动，"更何况，我要怎么信任你？"

"好办，"他清清嗓子，"中平元年开始，我爹离家去征战，留我和弟弟妹妹在寿春……"

你面露疑惑。

"嗯？"孙策笑问，"你不是史官吗？"

这是在自述生平？！

你嘴角微扬，连忙奋笔。

"留一半故事回来再对你讲，如何？"少年笑容笃定，"记不记得没关系，我有种预感，命里注定要去见他一趟。"

于是，你只好带他穿越，来到钱塘。

他彻底放下疑心，一路说笑，还买吃的给你。

态度诚恳，简直像兄长哄小孩。

吃完烤串，你心情好转："你倒是很擅长哄人嘛！"

"我爹生前树敌太多，家里初遭变故，我不得不防备风吹草动，抱歉啦。"孙策坦率一笑，"弟弟妹妹们还年幼，平时带他们出来玩，都是我照顾着。"

初遭变故，却被他说得轻描淡写，好像所有的心事都被他藏在开朗的外表之下。

你望着他，欲言又止，突然听见尖叫声："救命！有海盗——"

钱塘岸边，以胡玉为首的海盗，正大摇大摆地在分赃。见贼人如此放肆，孙策皱眉"啧"了声，提起枪，大步走去。

"等等！过会儿孙坚就……"你追过去。

胡玉蔑笑道："小孩子装什么大侠？给我杀！"

你抽剑格挡，打斗间钱袋飞落，被一个贪心海盗捞了去。

正要追，却听这些贼人悚然惊呼："官兵来了！"

"听我号令！东边包抄，西边围堵——"四周响起陌生少年威风凛凛的声音。

岸边大步而来的那位少年，自信的身影比刀锋更耀眼。

他穿着一袭皂衣，潇洒的面容与孙策极相似，眉眼间却添了更多恣意张扬，少年意气，无拘无束。

见这小吏颇有气吞山河之势，贼人们惊得面面相觑，误以为真有官兵赶至。

有个海盗朝你袭来，恐吓道："别过来！否则我杀了她……"

两个杀气恐怖的少年同时朝这边袭来。

后方孙策皱眉疾近，一招挑飞对方的武器。前方孙坚哈哈大笑，狠狠出刀，朝海盗迎面劈去，厉声喝道："胆敢在我面前杀人？！"

海盗应声倒地。

"谢谢……"你一时不知该先谢谁。

再看两位英俊少年，犹如两只杀气腾腾的猛虎，提刀对视，彼此露出警惕之色。

不等你出声，这两人猝然出招！

A 劝孙坚　　跳转 9

B 劝孙策　　跳转 2

7

你惊悚地站起身,却正对上孙策疑心重重的目光。

"一刀之威都吓成这样,谈何通天之能?像你这种神棍,我每天要打出去十个。"

END　试探

8

长河饮马,此意悠悠,岸边蒹葭成雪,成群白鹭高飞。

溪水那边传来少年们的笑闹声:"看招!""跑什么!"

见你还在欣赏美景,孙坚招呼道:"小妹,快来捉鱼啊!"

两个没情怀的家伙。

孙策正兴致勃勃地叉鱼,此时,他终于恢复了几分史书中那般开朗爱笑的模样。

与父亲共同度过这般快乐的时光,对他而言想必很值得珍惜吧。

笑容从你唇边扬起。

偷得乱世半日闲,在这片远离人烟的河畔,倘若能抛却时代与战争的禁锢,古人今人,枭雄英雄,不过都是同样贪玩的少年郎罢了。

你学他们挽起裤腿:"来了,来了——"

大鱼一闪而过,你与孙坚同时扑上前,"哎哟"一声撞在一起。

刚抓紧滑溜溜的大鱼,它就挣扎着飞了出去。

你连忙接住它,后背撞在孙策的胸膛,整个人被他伸手一搂,稳稳扶住。

孙策哈哈一笑,从你手里接过鱼,突然凌厉的一掌朝鱼头劈下。

那鱼立刻不动了。

背后凉凉的……你摸摸后颈，孙坚却叉腰大笑："干得好！"

围坐烤火，你身上盖着两个少年的外袍，提议他们讲讲儿时趣事。

"我给你们记下来……阿嚏！"

"好啊！把我写帅点儿！"孙坚清清嗓，"我呢，虽不是大字不识的粗人，但对治国之策那一套不感兴趣……"

你和孙策静静听着。

幼时的孙策，恐怕不曾聆听过父亲讲故事。

难得见孙策走神，孙坚拍拍他的肩："该你了！"

"对对，"你举着笔，"我也想听……阿嚏！"

看着你俩诚挚的眼神，孙策忍俊不禁。

"来，我替你记。"他拿过你的史册，提笔追忆，"我爹……是个大英雄。他这辈子不是奉旨去打黄巾起义军，便是率兵去讨董贼，无论我走到哪儿，都能听见他的传说。"

讲起董卓的暴行时，话题逐渐沉重。

"可惜……"孙策的声音变得低沉，"我爹一腔孤勇，关东诸军却心怀鬼胎，只想各自发展实力。"

或许，这位十七岁的少年幼虎，早已看穿这乱世的模样。

"可恶！"

孙坚攥拳嚷道："虽然不知董卓是谁，改日我若遇见他，必要诛他于马下！"

你记得历史——多年后，孙坚早早提议杀了董卓，可惜上司张温未听，终让董卓成了祸患。今日夜谈，难道正是他坚持进言的原因吗？

篝火噼啪，鱼香四溢。

"饿了吧？来，尝尝我精心烤的鱼！"

见你咽口水，孙坚大方地将烤鱼给你递过去，却不料孙策也烤好了鱼，朝你递过去。

父子二人对视，沉默片刻。

孙策突然指着对方手里的鱼，笑道："都烤焦了，她怎么吃？"

孙坚不服气道："烤焦更好吃！"

A 吃孙坚的 跳转15

B 吃孙策的 跳转18

C 两人的鱼都吃 跳转13

9

"慢着，孙文台！"

孙坚收招不及，一刀劈在你的剑上。

你虎口震痛。

"小心！"孙策出声提醒，"我看这人是个武痴，不打败他，哪肯罢休！"

他倒是挺了解自己的爹。

孙坚痛快大笑道："原来你也是个高手！你们俩尽管攻过来，我以一敌二！"

真没想到，你会有同时与两只猛虎过招的一天。

"我……我们是……特意来结交你的！"过完招，你气喘吁吁地收剑。

"正有此意！你们这两个朋友，我交定了！"少年哈哈大笑，"渴了吧？我给你们取瓜来吃！"

目送少年转身，你偷偷拽孙策衣角，小声说道："他就是……"

"我爹，对吧？"孙策唇边扬起笑意。

跳转5

10

孙策额头蹦起黑线，只见孙坚一跃上马，用力拍拍马背："小妹，来我背后，抓紧我！"

抓紧？

你刚坐稳，听见他哈哈大笑："某人就租头驴子慢慢骑吧！走喽——"

孙策的身影好像一下子就变得很远，你惊恐地睁大眼睛，只觉得自己险些被颠下去，连忙抓紧孙坚的腰："慢点慢点——"

"你说什么？！我听不清——"

少年策马载着你，颠簸着冲出街坊，一路尘土飞扬。

跳转 8

会稽郡内，满目疮痍。

真正的大乱世甚至尚未开始，苍生已苦楚至此，以后连年征战、杀伐、屠城……这大汉的百姓们又该如何求生？

天色灰蒙，你终于发现了孙坚，身披盔甲的少年静静背对着你。

"文台……"你走过去，发现他攥紧双拳，肩膀发颤。

他……在哭？

孙坚察觉到你的脚步声，慌忙擦去眼泪，转过头惊讶地问道："小妹？你怎么来了？！"

"来看你，"你轻声回答，慢慢地望向那些尸体，"还有……祭奠他们。"

"我军来得太晚，没能救下更多人。"孙坚咬牙说道，"下一次，我定能……"

他横眉怒目，眼圈再次因悲愤而变得通红。

二十年前的少年孙坚，初入战场，会为百姓苍生苦而哭。

二十年后的乱世猛虎，身经百战，亦会为雒阳惨状而哭。

这一生，他不曾变过。

孙策

"我要走了，但我会一直看着你的故事，"你注视着他，开口道，"孙文台，我相信你以后一定会是冠绝于世的大英雄，江东孙家所有的传奇将从你开始。"

少年大步走来，用力地拥抱住了你。

跳转 14

◆12◆

在孙坚不服气的目光里，孙策一声长笑，利落地翻身上马，朝你伸手："来。"

你握住孙策的手，被他拉上马背，听他朗声驭马："驾——"

俊美的少年衣袍猎猎，载着你穿梭城中，百姓们投来惊艳的目光。

靠着他的胸甲，你体会到了什么叫春风得意马蹄疾。

跳转 8

◆13◆

你咬咬牙，接过两条烤鱼开始吃起来。

虽然很好吃，但着实是吃撑了……

跳转 14

◆14◆

郊外烤鱼、闲时切磋、并肩吃瓜……当历史开始流转，这些偷闲的日子终将过去。

世道动荡起来，有个叫许昌的贼人兴兵作乱，附近郡县数以万计的百姓被煽动，大家一时议论纷纷："听说妖贼的武器杀人于无形……"

据史书记载，十七岁的孙坚召集壮士，一呼千应，击溃叛贼。

你和孙策不便参与，只能目送他离去。

不久后就要离开了。

最后逗留的日子，要做什么呢？

A 寻孙坚 跳转11

B 陪孙策 跳转17

C 临别变数 跳转4
（渡过AB后开启）

15

你接过孙坚手里的鱼，咬了一大口。

虽说外皮全都烤焦了，居然别有一番风味。

跳转14

16

挥别孙坚后，你带着孙策回到初平二年（公元191年）。

孙府上下一片哭声，少年家主静静地站在飘飞的白幔中央。

看他的表情，似乎忘了些什么。

你知道他不会记得这场穿越，在那支冷箭疾来之前，史书里的孙郎还剩下九年的人生。

短暂如石中火，快意似梦中身。

该走了。

孙策转过头，他留意到府内多了一位似曾相识的姑娘。

她是……

063

迈出府前，突然听清对方笑着唤你。

你驻足回身，看见年轻的家主迎着光大步走来："我们要不要重新认识一下？"

END 如故

17

孙策最近经常去山林狩猎散心，你知道他是舍不得孙坚。

毕竟他们父子一别便是阴阳两隔，此生再不相见。

孙策娴熟地给猎物剥皮剔骨，为你讲解诀窍，说到兴起时还手把手教你。

你沉迷学习，竟忽略了林间危险。

"小心！"孙策猛地抬手将你护在身后。

林风啸啸，草丛后闪过一双幽幽的虎眸。再定睛看，却是一只饿极的凶猛幼虎。

"我来对付他。"孙策缓缓拔刀。

"附近一定有大虎。"你拔剑迈出，与他并肩，"不过没关系，你们孙家也被世人称为'江东猛虎'，我当初既然敢一个人溜进你们孙家，如今也有面对真虎的勇气。"

听你语气坚定，孙策唇角扬起笑意："好。"

对峙半晌。

幼虎一转身跃回丛林，跑远了。

"奇怪，"你环顾四周，"大虎居然不在它身边。"

孙策目送着它的背影，并未追击："大抵它也是刚刚失去大虎吧，彷徨在此，屡屡碰壁，最后总要学会独自狩猎的。"

失去大虎……

你内心微动。

落日熔金，他站在西风里，双肩仿佛正扛起这片乱世残阳。
"其实，我骗了你。"他转头朝你笑，"没有什么信物。"
你微微一愣，旋即轻笑："我早知道。"

跳转 14

◆18◆

你接过孙策手里的鱼，认真尝了一口。
这鱼烤得很仔细，如同孙郎的性格，英武不失谋略。

跳转 14

周瑜

少年意气为君盟

明戈／文

[周瑜]

1

宴席上，觥筹交错，琴声流转。

在场落座的名士间，一位明眸皓齿、白衣胜雪的俊美少年格外引人注目。

他脸颊微红，因为饮了酒，正伸出修长的手指轻抵额头。

歌姬的琴声如溪水般淙淙流淌，无人觉得异常，唯有少年忽地侧目看去。

年轻的歌姬霎时面生桃花——都说"曲有误，周郎顾"，果然不假。

"公瑾！"一道飞扬不羁的声音从后方传来。

"听闻你琴弹得极好，能不能弹给我听听？"

周瑜回头望去，说话者正是自己来寿春将要拜访的人——孙策。

孰料未等他自报家门，孙策便率先开了口，还是以如此不见外的语气。

周瑜看着眼前这个与自己同龄的张狂少年。

他自幼被教导做人要恭谦有礼，可他竟不觉孙策有丝毫不妥，反而莫名觉得此人就应该是这样的。

周瑜向后撤了半步，微微一鞠躬，温和地说道："早闻伯符有大志，特来结交。"

孙策大大咧咧地一拍周瑜肩膀，笑道："好啊，让我听听你的琴，咱俩就是朋友了。"

2

一个玩笑般的开始，两人因为命运使然成为挚友。

其实比起孙氏，当时庐江周氏与汝南袁氏更亲近些。

周氏乃世家大族，周瑜的堂祖父周景、堂叔周忠都官居太尉，位列三公。

汝南袁氏也是名气斐然——四世三公，门生故吏遍天下。而孙策的父亲孙坚，是为袁术部下。

可周瑜就是觉得孙策这个少年不一般，和自己志趣相投。

后来周瑜回到了舒县。一晃，两人已许久不见。

一日午后，周瑜正在院子里看书，听见门外远处传来急促的脚步声。

抬头一看，是一道熟悉的身影。

"伯符？你怎么来了？"周瑜又惊又喜，拉着孙策坐了下来。

"我父亲去讨伐董卓，我与家人随迁到附近。"

"既然如此，何不将吴夫人与幼弟接到我这里一同居住？"周瑜连忙提议。

孙策咧着嘴，眯眼一笑："好啊，那我可就不跟你客气了。"

同住一个屋檐下，二人有更多的时间一起习武练剑，畅谈抱负。

在那方院子的夏夜里，两个意气风发的少年，怀揣着对未来闪闪发光的希冀。

这样的日子停在了初平三年（公元196年）。

孙坚在奉袁术之命攻打刘表时，被刘表的部下黄祖所杀。

"都说父亲是人人敬畏的大英雄，怎会横死？"孙策红着眼眶留下这句话后，便赶去曲阿下葬孙坚。

周瑜目送马车离开后，心中思量。

他早闻先哲秘论，"承运代刘氏者，必兴于东南"。

周瑜轻声开口："兴许这异象，指的不是你父亲呢？"

3

孙策守孝几年后，立刻跑去投靠袁术，叉着腰让他归还父亲孙坚的旧部。

周瑜得知消息时正在看书，听后笑出了声："这是他会做的事。"

下人继续汇报："不过结果不尽如人意。孙公子不仅没把旧部要回来，还被袁术摆了一道，被诓去随吴景打仗了。"

周瑜又笑道："这也是他会做的事。"

周瑜知道，孙策这团肆意燃烧的火，终有一天会燎遍山野，只是现在还不到时候。

[周瑜]

兴平二年（公元195年），孙策即将率军东渡长江，但兵马过少，此行必败。正巧周瑜去探望身为丹阳太守的从父周尚，与孙策相距不远。

"公瑾，助我一臂之力。"

孙策一个简单的请求，周瑜便带着船粮器杖，星夜驰赴。

随后，周瑜又跟着孙策攻克横江等地，挥师东渡，攻下曲阿。

"吾得卿，谐也。"

面对孙策的感叹，周瑜只是淡淡喝了一口酒。

"你家旧日对江东人有恩，袁术怎敢遣你前来，不怕你反？"周瑜斟了一杯酒问。

"所以他只给了我一千士卒。"孙策撇了撇嘴。

"他是觉得你打不过。"周瑜实话道，"只是他没想到你如此得人心。"

周瑜的语气一如既往地温和，孙策看着他月光下黑白分明的眸子，似乎明白了他的意思。

建安二年（公元197年），袁术持玉玺僭越称帝。孙策立刻写信劝阻，可惜被拒，两人正式决裂。

同年，孙策大败陈瑀。次年，平定宣城以东各地，又攻下陵阳与勇里，擒获太史慈。

周瑜点点头——时候到了。

他果断离开袁术，带着鲁肃一同回到了吴郡。而孙策听闻周瑜来了，立刻亲自欢喜地去迎接。

"决定好了？"

"久等。"

两人相视一笑。

之后的战役中，两人配合默契，大败黄祖，又降华歆，轻取豫章。

"只可惜让黄祖跑了。"孙策意气风发的神色中带了一丝失落。

"不急,看看我们的成果。"周瑜安慰着孙策。

彼时,分身乏术的曹操回望过来——孙策已经从各方势力手中,成功拼凑出了江东版图。

4

纵使周瑜聪慧如斯,他却怎么也算不到,孙策一年后竟会遇刺身亡。

一向优雅冷静、稳重自持的他,得知消息后悲痛欲绝,几乎瘫颓在地。

想到此时江东刚统一不久,不少残存势力仍存异心,伺机作乱,需有人主持大局,周瑜强撑着翻身上马,从巴丘到丹徒,千余里地,不眠不休地赶了回来。

白幡幢幢,冥纸灰飞。

昔日与自己并肩而立的好友静静躺在冰冷的棺椁里。

这江东,是他想为孙策固守的江东。

可……

忽然,身后响起一个略显稚气的声音。

"我有一次偷听母亲说,她拿您当儿子对待。我哥不在了,您以后就是我的兄长。"

周瑜回头望去,看见一张与孙策相像至极的脸。

"公等善相吾弟!"

这是孙策留下的最后嘱托。

周瑜眼里有不知名的情绪闪动着。

远处长江嘶吼奔腾,良久,周瑜的神色逐渐笃定起来:"好,以后我就是你的兄长。"

"我要这江东,永远是孙氏的江东。"

5

曹操新近攻破袁绍,军队威势日益强盛。

建安七年（公元202年），他以朝廷名义下诏书责成孙权送儿子入朝作为人质。

孙权慌乱无比，立刻召开紧急会议。

面对实力强大的曹操，秦松与张昭等人都犹豫不决。

最后周瑜一锤定音。

"送人质，就等同于甘愿受制于人。届时最大利益也不过得到一个侯爵的封赏，几匹马几辆车，岂能与称王相提并论？"

孙权觉得周瑜说得有道理，于是没有听令。

曹操的重点却放到了周瑜身上——有胆有识，是个人才。

于是他派了能言善辩的蒋干去游说周瑜。

普天下谁不畏自己？曹操势在必得。

周瑜却是温和一笑，眼皮都没抬："丈夫处世，遇知己之主，外托君臣之义，内结骨肉之恩，言行计从，祸福共之。"

我已有良主，是与我升堂拜母的孙策。

此生别无去处，誓与孙吴生死与共，福祸同担。

建安十一年（公元206年），周瑜讨伐麻、保二屯，斩其首领，俘万余人。黄祖遣邓龙进攻柴桑，周瑜大败敌军，俘虏了邓龙。

建安十三年（公元208年），周瑜作为前部大督，与孙权出兵夏口，攻打黄祖。

在这场激烈的水战后，黄祖被杀，周瑜终于亲手消灭了孙策的杀父仇人。

6

建安十三年（公元208年）秋，曹操南侵荆州，向东吴逼近。

"曹军已大军压境，各位有何意？"

面对孙权的发问，大臣们面面相觑。经过一阵低声接耳，长史张昭开口道："曹操来势汹汹，还挟天子之令征讨四方，如若我们违逆，名义上说不过去。"

众臣立刻随声附和。

"我们依靠的不过是长江天险，但曹军占荆州，依江而下水路并行，共有天险。我们寡不敌众，不如迎接他，向朝廷投降。"

鲁肃见形势不妙，连忙上前对孙权说："周瑜还在鄱阳，还是先等都督回来，听听他的意见。"

周瑜闻讯火速赶了回来。

"不可降！"

他大步踏进吴宫，一向温和如玉的脸上竟带了愠气。

"曹操名义上是汉丞，实则是汉贼，岂能归顺？"

周瑜难得厉声。

"不降怎么办，你能打得过？"张昭问。

"他此行是来送死。"周瑜笃定道。

大臣间传来一片轻笑。谁不知曹操的厉害，竟敢如此夸下海口。

周瑜逻辑清晰："马超、韩遂尚在关西，是曹操的后患；其次，曹操让士兵使用船舰与熟知水性的江东人打仗，必然吃亏；再者，现在正值寒冬，曹军战马饲料必不充足；最后一点，也是最重要的一点，曹军长期征战，此行又长途跋涉，臣赌他们会发生疫疾。"

"如若你赌错了，我们都要给你陪葬！"张昭阻拦道。

周瑜毫不理会他，眼睛一直看着孙权："时间拖得越久，对曹军越有利。我请得率领精兵三万人，进驻夏口，定破曹操。"

众臣高呼："曹操铁蹄所踏之处莫不臣服，主公三思！"

周瑜的声音坚定有力："有我在一天，他的铁蹄就踏不过江东！"

7

建安十三年（公元208年）十二月，周瑜作为主帅，与刘备军结成联军，共抗曹操。

周瑜站在船头，看着远处乌泱泱的曹军，目光如炬。

初战，曹军磨合欠佳，战败。

短暂的胜利没有让周瑜掉以轻心，他时刻紧盯着曹军的动向。

初次失败让曹操不得不把战船靠到长江北岸驻扎，令水军与陆军会合。

周瑜负手于南岸，隔江相观。

当曹操将船舰首尾相连，只为让北方士兵如履平地时，周瑜的眼底燃起一片火光。

黄盖上前一步："将军，属下有一计，只需……"

周瑜了然于胸地将手伸向空中，感受着风向，随后开口道："只需……东南风。"

当数艘"称降"的小船，突然冒起熊熊大火，飞速向曹军驶来时，曹操恐慌至极。

曹军战船接连燃起，火舌燎动，更是蔓延至陆地，烟炎张天。

物资、兵马，全部在一片炽烈的火焰里消亡殆尽。

曹操连夜逃跑，周瑜率军乘胜追击。

经此一战，曹军死伤惨重，曹操自还北方。

8

赤壁之战后，周瑜在一次与曹仁的交战中，被飞箭射中右肋，不得不回营养伤。

曹仁见周瑜重伤，立刻亲督上阵。

周瑜闻讯奋身而起，前去各营激励将士。

将士们都劝周瑜应以身体为重，周瑜却捂着渗血的白衣，摆摆手："莫要担心。"

经过一年的博弈，曹仁最终弃城逃走。

随后，周瑜任偏将军，兼任南郡太守，屯兵江陵。

建安十五年（公元210年），周瑜提出征伐益州的计划，可行至巴丘的时候，却不慎染疾。

9

方才的一切不知是梦，还是走马灯。

周瑜躺在榻上，意识猛然惊醒——想起来了，原来自己早就身染重疾。

周围依旧吵闹，那是下属与医官着急的说话奔走声。

周瑜只觉自己浑身被砸碎了般疼痛无力。

他已经病得太重了，重得眼睛只能紧紧合上。

可他还是拼命想睁开眼。

益州的计划还有一处需要补充……

曹刘虎视眈眈，江东大业还没有完成……

周瑜全身都在努力着，苍白消瘦的手攥成了拳头。

可惜，老天不让他醒来。

自古美人叹迟暮，不许英雄见白头。

他用他短短三十六载的人生，换了一把永不熄灭的火。

那火来自一个用霸王枪的家伙。

周瑜将它点在赤壁上，燃在江东上。

燎遍了天下。

[周瑜]

黄龙元年（公元229年），孙权称帝。

而在遥远的舒县，那方宅院里，有两个意气风发的少年在夜空下畅谈着志向。

爽朗的笑声荡出高墙，荡入历史的风景。

庭院外，远山长，云山乱，晓山青。

庭院内，人月双清。

吕蒙

披荆斩棘的
三国玩家

明戈／文

吕蒙

在三国这场"游戏"里,玩家们群雄逐鹿,各显神通。

有的人游戏开始,创建账号之初就是神级装备,高手全程带飞。有的人开局只有一双草鞋,全靠知识改变命运——而有的人更惨,连鞋都没有。

比如吕蒙。

吕蒙从小家里就穷得叮当响,别说去读书了,吃饱饭都费劲。

作为一个标准的充数玩家,他整天和一堆同样没文化的混混们待在一起。

什么打架斗殴,撒谎使诈,在吕蒙的少年时期学得那叫一个炉火纯青。

但所谓三分天注定,七分靠打拼,出身贫贱的吕蒙,骨子里可从来不甘心当充数玩家。

"什么?逆风翻盘?小吕啊,你有装备吗?"混混头子叼着草问。

吕蒙看看比脸还干净的兜,摇了摇头。

"那你有精英团队吗?"混混头子又问。

吕蒙本想伸手指些什么,周围一票混混整齐划一地露出"我不配"的表情。

吕蒙紧抿嘴唇,收回了手。

"所以说,咱们都是烂命一条,别寻思没用的了。"

混混们互相推搡着,嘻嘻哈哈地走远了。

吕蒙看着眼前新手村一般的破落房子,一咬牙一跺脚。

不就是逆天改命吗?我改给你们瞧瞧!

职位: 草民

等级: 倔强青铜

达成成就: 吴下阿蒙

想要进入三国的"游戏场",是需要入场券的。

可惜吕蒙连门边儿都摸不着。

这时,他想起自己的姐夫邓当。当年自己南渡长江投奔他,他现在已是孙策的部将。

吕蒙心下立刻有了计划。

不出月余,邓当再次外出作战。吕蒙趁他不备,混在了队伍中。

战场上血光连天。远远便能瞧见一个士兵格外奋勇,下手毫不留情。

细看去,士兵不过十六岁左右,沾满鲜血的脸上带着与他年纪不符的狠意。

士兵正杀得来劲,剑忽然被猛地挑起。

"吕蒙?!"邓当面色一惊,回过神后又怒声道,"回家去!"

糟糕,让姐夫发现了。

可是等邓当走后,吕蒙又继续偷偷地混在队伍里。

军队作战归来后,邓当把这件事告诉了吕母。

吕母很生气:"你不要命了!"

面对母亲扬起的鞋底子,吕蒙梗着脖子高声道:"不探虎穴,安得虎子?"

吕蒙并非故意让母亲担心,只是要想改变这种贫贱的生活,唯有在战场杀敌以求功名。虽然危险,但这是唯一的出路。

吕母听后眼圈发红。吕蒙刚想安慰,吕母哽咽道:"我儿竟然会谚语了。"

吕蒙无语。

这边吕蒙壮志凌云雄心勃勃,那边诋毁声悄然而至。

邓当手下有个官员,听说吕蒙这番话后极其轻蔑不耻:"那出身卑贱的小子还想得虎子?不过是自己喂老虎去了。"

这人不仅背地里嘲讽,还当着吕蒙的面指着鼻子羞辱他。

吕蒙很生气,一气之下结果了此人性命。

吕蒙违犯了军纪，一时害怕逃离军营躲了起来。

众人都以为吕蒙避罪潜逃了，没想到他又思过回来找校尉袁雄自首，袁雄了解了事情的原委后又心生同情，于是到孙策那里替其求情。

孙策见眼前的少年剑眉斜飞，一双丹凤眼毅然有神，浑身上下透着凛然之气，又念其在战场上的奋勇，于是赦免了他的罪，并把他招进了自己的战队。

一切来得太突然。

几年后，姐夫邓当病逝，吕蒙接替了他的职务，成为别部司马。

至此，吕蒙不禁仰天感慨：这就是"外挂"的滋味吗？

职位： 别部司马

等级： 白银 ◆◆

达成成就： 勇者无惧

老天的"外挂"没给吕蒙开多久就收了回去。

建安五年（公元200年），孙策忽然遇刺身亡，战队的新队长孙权上任。

所谓新官上任必改革，孙权立刻下令整改军队。因为有许多将领年纪小，统兵经验又少，太过冗余，便决定撤掉大部分，将他们的军队合并起来。

吕蒙面色阴郁，通知上就差点他名号了。一旦整合，自己哪里还有机会有所作为？

吕蒙想了想，心生一计。

他借钱做了一批绛色的绑腿和队服，又日夜紧急操练士兵。

检阅当日，他的队伍陈列赫然，操练整齐有序，在一众士兵中脱颖而出。

孙权一看，这个叫吕蒙的治军有方啊。

于是吕蒙的兵不仅没被合并，还多得了许多士兵。

不过，以小聪明过关总是一时的，要想在军中站稳脚跟，还是得有真本领。

而吕蒙靠的就是"勇"和"谋"。

随军进攻夏口时，孙权进攻受阻，因黄祖以蒙冲战舰封锁了沔口，千余人只得用弓弩交射。一时间空不见日，飞箭如雨，密集如蝗。

吕蒙身为前锋，率部队迎战对方水军都督陈就。

流矢雨集，众人皆畏。

吕蒙却像不要命一般，高喊着杀敌，冲锋向前。

陈就大惊，几个回合下来，吕蒙找准破绽挥刀一砍，径直斩杀陈就。

孙权乘胜追击，大获全胜，一举歼灭黄祖。

孙权夸奖道："卿竟英勇如斯。"

吕蒙咧嘴一笑谦虚道："过奖，咱光脚的不怕穿鞋的。"

孙权看着吕蒙微微挑眉，想说些什么，而后又止住了。

随后他对众人道："吕蒙居功首，赐钱千万，任横野中郎将。"

职位：横野中郎将

等级：黄金 ★★★

达成成就：拼命三郎

战场上，吕蒙靠的是把脑袋拴在裤腰带上的狠劲。计谋上，吕蒙则靠的是不走寻常路，孤注一掷。

歼灭黄祖不久后，周瑜想要夺取江陵。不承想，先派出的甘宁在上游夷陵遭到敌军围攻。

这时若派兵驰援，江陵势必空虚。

面对进退两难的境地，吕蒙上前一步对周瑜道："我觉得您可让凌公绩留守江陵，咱俩前去支援。他守住十天，这事就能成。然后再让三百人用木柴把本就险峻的山路截断，拦住曹军后路，咱还能抢一抢他们的马。"

程普狐疑："可你凭何认为凌公绩能固守十日？"

吕蒙却非常自信地说："别问了，咱先这样干起来吧。"

果然，凌公绩坚守住了江陵，吕蒙与周瑜在夷陵大破曹军。曹军夜逃，遇到路障后纷纷弃马步行。

两人带着战利品又火速率军赶回江陵，擂鼓进攻。

曹仁损失惨重，吴军顺利拿下江陵。

战后论功行赏，吕蒙被任命为偏将军，兼任寻阳令。

众人皆惊，问他如何想得此策，又确保一定能成功？

吕蒙面上冷静，心想：我承认我心中也不确定。

众人散去后，孙权单独留下了吕蒙，单刀直入道："如今你身居要职，得多读读书了。"

吕蒙听后眉头紧皱。他知道军营中许多人瞧不起他，说他没文化。可他觉得能打胜仗就行，读书有什么用？

"主公，我太忙了，没时间啊。"吕蒙推托。

"孔子言，终日不食，终夜不寝以思，无益，不如学也。你又岂能不学？"孙权语带微愠。

"真没时间。"吕蒙闭眼。

孙权生气了，一拍桌子："忙？你能有我忙吗？我还天天看书哪！你们这么年轻，为什么不勤奋学习呢？"

吕蒙被吓得一激灵："别生气啊主公，我学还不行吗？"

从那以后，吕蒙开始天天读书。

读着读着，他发觉知识真是个好东西。许多自己摸爬滚打总结出来的经验，书里都写了。

吕蒙明白了孙权的良苦用心后，更加力学不倦。经年累月，看的书竟然比那些宿学旧儒还多。

某日，鲁肃经过吕蒙驻地。

他作为儒将，向来瞧不上吕蒙这种粗鄙武夫，所以面对吕蒙的款待，也根本没当回事。

没想到酒过三巡，吕蒙忽然谈起日后当如何应对关羽。其利弊权衡之透，制定计谋之详，都令鲁肃大为震惊。

"卿今者才略，非复吴下阿蒙！"鲁肃拱手赞叹。

吕蒙朗声大笑起来："士别三日，即更刮目相待，大兄何见事之晚乎。"

职位：偏将军
等级：铂金 ★★★★
达成成就：文武兼备

吕蒙的羽翼愈发丰满，孙权也愈发器重他。

建安十八年（公元213年），曹操率军攻吴。

面对曹操的十万大军，吕蒙对孙权屡献奇计，均有效果。

次年，吕蒙见曹军在皖城屯兵耕地，于是又立刻提议拿下皖城，以压制曹军增长。

进攻期间正值雨季，吴军溯江而上。面对敌军的据城坚守，孙权询问诸将计策。

众人提出常规解法:"花费几日修筑土山,添置攻城器具。"

吕蒙却沉稳道:"待到那时,敌人援兵至,城防固,大水退。我们必攻而不成,退而不得。不如从拂晓发起猛攻,一鼓作气必能攻破。"

有人质疑:"你怎么能确定?"

这次不等吕蒙回答,孙权已然点头:"按卿所言。"

事实证明,吕蒙是对的,他们仅用了一顿饭的工夫就攻下了皖城。

这时张辽所率的援军还在路上,闻讯只得打道回府。

此次战役吕蒙功劳最大,孙权当即任命他为庐江太守。

吕蒙还没休息多久,庐陵就贼势猖獗。诸将征剿不利,束手无策。

孙权一叹气:"要想捉鱼,还得是鱼鹰。蒙啊,孤想吃鱼了。"

吕蒙遂奉命出兵。到了庐陵后,三下五除二就擒杀了首恶。

吕蒙:"就这?"

孙权感慨道:"还得是我家吕蒙。"

早在建安二十年(公元215年),孙权就已经把大半个荆州借给刘备五年了。面对孙权的多次索要,刘备每回都说"下次一定"。

孙权气不打一处来。

要知道,荆州是多重要的一个地盘。北据汉沔,利尽南海,东连吴会,西通巴蜀。诸葛亮都说"此用武之国",刘备说不还就不还了?

"吕蒙,给孤抢回来。"

"是。"

吕蒙眼底除了武将的坚毅,还闪过一丝狡黠。

这次要取的是长沙、桂阳、零陵三郡。前面二郡在收到文书后都望风归顺,唯有零陵太守郝普据城不降。

当时刘备的援军已至公安，孙权当时住在陆口，派鲁肃率万人屯驻益阳抵抗关羽。

江陵此时交通已断。危急间，孙权连夜托人传书，命吕蒙放弃零陵，立即回师增援鲁肃。

而吕蒙收到信后却悄声收起，又传令下去，称天亮攻城，随后转身笑着对郝普的旧友南阳人邓玄之说："我理解郝普是为了一个义字，可依现在的局势，刘备关羽自顾不暇，我们攻下此城也不过是时间问题。现在开城投降，双方可毫发无伤。若是我们攻进去，死的可不只是他。我是什么人你是知道的，说杀他全家，就杀他全家。去劝劝他吧，看看为了所谓的'义'……值还是不值？"

吕蒙依旧客气地笑着，空气却冷了几分。

第二日，郝普开城投降。

必败的情况下，吕蒙不费一兵一马拿下了零陵。

在后面的合肥之战中，张辽率步骑重创吴军，孙权几乎被擒。吕蒙拼死抵抗，以命相搏，最终成功掩护孙权撤离，幸免于难。

次年，他因在抵抗曹军时的英勇表现，被任命为左护军，升虎威将军。

职位： 虎威将军

等级： 钻石 ★★★★★

达成成就： 有勇有谋

吕蒙

建安二十二年（公元 217 年）冬天，鲁肃去世。

吕蒙接管了他的军队与事务，代为都督，他将要进驻的陆口正与关羽所辖的江陵相连。

吕蒙向孙权汇报道："关羽骁勇善战，又对外虎视眈眈。如此大患，不得不除。"

这并非他第一次提及灭关羽。早在六年前那场"刮目相看"的饭桌上，吕蒙就已经萌生了对付关羽的想法。况且孙刘两家哪是什么盟友，不趁己强之时行动，日后定受制于人。

"你打算怎么办，强攻城？"

吕蒙轻轻拍了拍胸口的铠甲："攻心。"

吕蒙到陆口后，并没有着手计划如何打关羽，而是一反常态，对关羽十分殷勤。

"关哥，最近身体怎么样？"

"没别的意思，就是想交关哥您这个朋友。"

吕蒙一脸笑意，马屁拳打得关羽晕头转向。

虽说吕蒙满脸写着纯良无害，但关羽也不傻。都在三国里征战数载，道义友情什么的不可信。

所以一年后关羽北上进攻，却在大本营留下许多士兵，为的就是防吕蒙偷袭。

果然关羽前脚刚走，后脚吕蒙眼里就划过一道光。

所谓攻心，便是拿捏敌人的弱点。

关羽虽善战，但也骄傲自负。如果此时吴军示弱，关羽定会不把吴军放在眼里，转而全力攻打襄阳。如此一来，他们就可以轻轻松松取下南郡。

至于吴军如何示弱？

吕蒙用手一扶额，威武之躯弱柳扶风状往柱子上"哐"地一靠。

"哎呀，本将军病了。"

经吕蒙和孙权秘密商议，孙权立刻公开下达文书，召吕蒙回建业，恨不得让全天下都知道吕蒙病重。

关羽果然中计，对后方开始不设防。

吕蒙返回建业途中遇到了陆逊，陆逊纵观全局后劝他："您怎么能回建业呢？此时正是攻打关羽的好时机啊。"

吕蒙一口水差点喷了出来。

自己密谋这么久，让陆逊歪打正着给猜中了。

为了不泄露机密节外生枝，吕蒙连忙大力咳嗽几声："我也想打，无奈病重。况且关羽威震八方，实在不好对付，还需从长计议。"

吕蒙影帝级别的演技骗过了关羽，也骗过了自己人。

陆逊眼泪汪汪地翘首盼望吕蒙早日康复，没过多久就收到了建业来的密信。

吕蒙见到孙权后，向他建议让名声不大的陆逊接替自己驻军陆口，再次削弱关羽的戒备心。

除此以外，吕蒙还亲笔写下应对关羽的教学指南。

以至于陆逊到了陆口的风格——

"关哥，我就想交您这个朋友。"

不久后，吕蒙率大军昼夜不停，溯江奔往江陵。全部将士身披白衣，伪装成客商。

到了蜀军江防之地，吴军扯下白衣持刀而起，打得蜀军措手不及。

而后吕蒙又故技重施，劝降了郡太守糜芳。

紧接着，吕蒙的攻心计再次上线。

先是善待关羽部下家属，后又下令爱护百姓。不论老弱病残，吕蒙都留意

照看。至于关羽的财产，吕蒙也未拿分毫。

等关羽率军疾驰而返的时候，将士们一看家中安好，顿时斗志全无。

吴军一时势不可挡。

十二月，腹背受敌的关羽败走麦城，随后被吕蒙的将士们生擒，将其斩首。

至此，吕蒙实现了当初的诺言，拿回了荆州。

他也因功劳甚大，任南郡太守，封侯晋爵，赐钱一亿，黄金五百斤。

职位：南郡太守

等级：星耀 ◆◆◆◆◆

达成成就：攻心为上

还未等封爵发布，某日，吕蒙在大殿上忽然"弱柳扶风"地一栽。

"卿怎么还演上瘾了？"孙权无奈地笑道。

吕蒙勉强用剑拄地撑住了身体，无力地扯出一抹笑，虚弱道："这次……恐怕是真的。"

多年征战沙场，积劳成疾，吕蒙的身体每况愈下，撑到现在已经是强弩之末。

孙权慌了神，立刻广召天下——能医吕蒙者，赐千金。

养病期间，吕蒙的身体状况稍好些，孙权就高兴地令群臣来贺。吕蒙的饮食稍少，孙权就愁苦不已。

某日，吕蒙侧头看着孙权请来为自己祈祷续命的道士，摇头笑了笑。

随后招招手，塞给旁人一张字条，上面写着将自己此生所有赏赐尽数返还朝廷，丧葬一切从简。

吕蒙躺在床上，思绪飘忽。

一开始，自己还是个目不识丁的粗野之人。

被人戏骂，默默无闻。

……

道士密密的祈祷声逐渐模糊，他感觉在风中嗅到了故乡熟悉的味道，又仿佛听见一道不羁的少年声音。

"不就是逆天改命吗？"

"我改给你们瞧瞧！"

吕蒙合上了双目。

不知过了多久，也不知是谁忧伤地呼喊着他的名字，说着"卿乃国士"。

他只感觉自己浑身轻飘飘地飞到了空中，飞到一个破落村子的少年面前。

那脏兮兮的少年皱着眉头，正不甘心地攥着拳。

吕蒙在一片虚空中温柔地看着他，笑着拍了拍他的肩。

"你会成功的。"

"泥里走出来的，也能做英雄。"

职位：孱陵侯

等级：王者 ◆◆◆◆◆◆

达成成就：国士之量

[吕蒙]

士别三日，非复吴下阿蒙。

陆逊

这筹帷幄定山河

明戈／文

陆逊

江南，烟雨三月。

"士不可以不弘毅，任重而道远。仁以为己任，不亦重乎？死而后已，不亦远乎？"房间内传出一位少年清澈的声音。

从那方竹影绰绰的木窗望进去，里面是一位面容冷峻的少年书生。

书生正端坐在桌前读书，眼帘微低着，鸦羽般的睫毛在脸上投下一小片阴影。

"陆家那孩子真是学识渊博见多识广。听说了吗？前阵子他得了孙策赏识，讨论时语惊四座呢。"

"这么厉害！不过陆家着实可惜，要不是因为之前那事，也不至于败落。"

路人七嘴八舌的声音荡过围墙，盘旋在陆宅上空。

书生闻声抬眼，神情没什么变化。他起身关了窗，而后继续认真诵读起来。

路人口中的"那孩子"不是他，而是指陆绩。

从辈分上讲，陆绩是这书生的族叔。可这族叔，却整整比他小了五岁。

而"那事"指的是几年前，从祖父陆康因与袁术不和，被迫与孙策交战了两年，最后陆家百余人因饥荒和战乱死伤近半。

从祖父战败病逝前，曾对书生说："陆氏是江东大姓。陆绩尚幼，支撑门户的重任就交给你了。"

因此吴郡吴县（今上海松江）所有人都道，书生虽不及陆绩有天赋，但是个好孩子，能牢牢记住长辈嘱托——用功读书，光耀门楣。

书生叫"陆逊"。

因为名字里有个"孙"字，从小没少遭其他孩子调笑。

陆逊倒是从来不生气，面上总是和气的样子，温文尔雅。时间一晃到了他十七岁。

时值孙策遇刺身亡，孙权继之掌事，成为一方诸侯。他求贤若渴，四处招纳名士。

几年后，在吴郡吴县（今上海松江）颇有名气的陆逊顺利加入了他的幕府。

一介书生能做的是什么呢？文秘。

成为幕僚后，他先后任东西曹令史，没什么名气。

不过，在出任海昌县令时，他开仓赈济遭遇旱灾的贫民，组织生产自救。

虽然深得了一拨民心，但距离真正走到孙权面前还是太远了。

烛光摇曳，陆逊合上书卷。

连年战争不断，百姓穷，太穷了。因此，很多人为了逃避赋役选择投靠豪强，随后变成了对抗孙吴的山贼。

面对这些山贼，官府束手无策，只能任其作乱。

这时陆逊站了出来，提出两条建议：一是精准打击，挨户筛查；二是选走强壮农民，招募进军，只留体弱的人屯田。

"在下愿招兵进讨。"陆逊拿起笔，用白白净净的手在给孙权的上书中如此写下。

焦墨漆黑，力透纸背。

陆逊出发时，众人的眼光带着看戏的意味。

书生而已，肩不能扛手不能提，估计上马都费劲，能讨出个什么结果？

可陆逊的表现狠狠打了他们的脸。

面对造反多年的会稽山贼大帅潘临，陆逊顺利将其平定。

鄱阳的贼帅尤突作乱，陆逊率军顺利讨平，斩首数千。

而他也因功被拜定威校尉。

陆逊终于如愿顺利走到孙权面前。

"所谓修身齐家，治国平天下。卿可愿齐家？"孙权满意地看着陆逊，笑着问道。

陆逊犹豫了一下，点点头。随后，孙权将自己的侄女许配给了他。

从这一刻起，他真正成了孙权的心腹。

"诸英豪雄据一方，真是前路漫漫。"

陆逊

自那以后，孙权经常找陆逊前来商讨国事，陆逊也会言辞恳切地提出建议。

"内乱不平，难以成事。况且欲征远敌，我们需要扩充军马。"

孙权采取了他的意见，随后任他为帐下右部督，又授给他棨戟[1]，让他都督三郡。

山贼难以除尽，常有新人自立山头。

没过多久，费栈被策反，在丹阳煽动山贼起事，充当曹军内应。

陆逊率兵甚少，不能正面迎击。于是他采取各种疑兵之计，顺利破敌。

击败费栈后，陆逊得万余精兵，东吴在此的统治势力大大增强。

陆逊率军凯旋，身着铠甲的他身材高大挺拔，看不出一丝书生的样子。唯有那被晒成小麦色脸上的一双眼睛，依旧温柔敦厚。

回营后，会稽太守淳于式表奏陆逊，称他违法征民，百姓苦不堪言。

面对淳于式的声讨，陆逊也不恼怒，反而对一副看戏态度的孙权真诚回道："他是个好官。"

孙权很是惊奇。

陆逊解释道："太守的本意是想休养百姓，若我报复诋毁他，岂非助长歪风？"

孙权连连赞叹："此诚长者之事，顾人不能为耳。"

不过，陆逊并不是书呆子式的书生，面对敌人，他有他的聪慧。

建安二十四年（公元219年），关羽擒于禁，斩庞德，威震天下。

陆逊知道，此类强敌若不抓紧时机除掉，以后会成为大阻碍。

因此，他拦住生病回建业的吕蒙，说关羽现在骄傲狂肆，劝其应趁其不备一举拿下。

吕蒙听到后神色一怔，支支吾吾地跑了。

不久后，陆逊便收到了自己暂代吕蒙的任职书。

以陆逊的聪慧，立刻知道了吕蒙"生病"是一早便计划好的。

到了陆口，陆逊第一件事就是给关羽写信，言辞恳切赤诚地诉说自己的仰

---

[1] 古代官员出行时作为前驱的仪杖，以示威严。

慕之情。

不仅如此,还善意提醒关羽小心徐晃,在外奔波一定要注意身体,自己绝不与关羽为敌。

或许是陆逊的戏太真了,关羽渐渐丧失警惕,派出后方防吴军队全力奔赴前线。

在"糖衣炮弹"的伪装下,陆逊背地里已全面掌握关羽后防线的动态。

当他觉察麋芳、傅士仁开始有异心的时候,陆逊了然,时机到了。

他火速上报孙权,随后与吕蒙同为前部,顺利攻下麋芳与傅士仁的守区。

吴军势如破竹,多处太守、长吏、酋长,逃的逃,降的降。

陆逊的军队节节胜利,顺利占领秭归、夷道等地,守住了峡口,关上了关羽试图退回益州的大门。

此时,曾经辉煌到不可一世的关羽进退两难,走投无路。

建安二十四年(公元219年)十二月,关羽被吴将擒获斩首。

整个袭取荆州期间,陆逊斩获招纳敌军数万人,功绩斐然。

孙权当即拜陆逊为右护军、镇西将军,还进封娄侯,镇抚荆州。

此时陆逊已是将军列侯,若想再给些别的殊荣……

孙权看着他依旧清澈的眼睛,缓缓开口:"陆逊,举茂才。"

这个身份可不一般。

因为孙权并没有建国号,他们只要还在孙权旗下,官职再高也不合礼法,正规来讲都算家臣。而"举茂才"后,就相当于和家臣区分开了,成为了朝廷大汉的官员。

陆逊出自陆家,名门望族,肩上背负着兴复家族的重担。

若连个正经官职都不是,那怎么撑起这大族的名号呢?

面对孙权的举荐,陆逊深深拜谢,眼神里是一贯的温厚。

陆逊

魏黄初二年（公元221年），刘备高举报仇大旗，决意伐吴。

两次求和失败后，孙权不得不出兵反击。至于出征的将领，孙权选择了陆逊。

此言一出，群臣反对。

至于反对的理由，陆逊听着十分耳熟——一介书生，让他率五万军马，岂不儿戏？

孙权也横，力排众议，当众赐他佩剑。意思是说，这是我钦选的大将军，哪个敢不服？

这时吴军的前线士兵已经败了几轮，被张南围攻的孙桓请求陆逊派兵增援。

陆逊想了想，拒绝出兵。

诸将忿然道："孙桓乃孙权同族，你岂能胆小不救？"

陆逊自知夷道城池坚固，粮草充足。只要自己的计划顺利实施，他自然会获救，现在还能充当牵制蜀军的角色。

后来，当蜀军频频挑衅，引吴将出击时，陆逊也坚决不战。

因为敌军气焰正盛，不宜交战。应避实击虚，等他们士气低落时再一举歼灭。

可众人并不知道也不理解陆逊的深谋远虑。

一时间，对陆逊的讥笑嘲讽声传遍了军营。

"书生就是书生，永远上不了台面。当什么将军？回家啃书本吧！"

后来刘备在山谷设伏，企图引战，吴军纷纷举刀要出击。陆逊却已然识破，拒不出兵。

在吴将对陆逊的一片怒骂声中，刘备计谋失败，被迫从谷中撤出。

此时，吴蜀两军已僵持半年，炎暑季节如约而至。

蜀军疲乏体倦，因战线过长，补给也开始出现困难。

随着刘备让水军登陆，陆逊猛地合上了面前的书卷，召集诸将听令。

他命水军封锁长江，令孙桓扼守夷道，将蜀军分割开来。又让将士每人持草一束，在蜀营顺风放火。

整整四十余寨全被烧毁。

蜀军伤亡惨重。舟船器械，水步军资，一时略尽，尸骸漂流，塞江而下。

刘备撤退据守后，陆逊集中火力围攻，蜀军全面瓦解，遂逃往白帝城。

当刘备给陆逊写信，称自己打算再次东征时，陆逊宛如死神般回复："若再敢来犯，我不会让你们一个人活着回去。"

吴军大获全胜后，众人才后知后觉地敬佩起陆逊来。

孙权摇头问道："经历了这种事，怎么不上报？"

陆逊却笑着说："臣虽笨鲁，但暗慕蔺相如谦虚的道义，况且这些人都是建设国家赖以的爪牙心腹。"

孙权深感敬佩，加拜陆逊为辅国将军，领荆州牧，改封江陵侯。

刘禅继位后，吴蜀恢复了同盟关系，陆逊负责与诸葛亮的通信。

孙权为了方便陆逊，直接又刻了一枚自己的玉玺放在陆逊那里。

每次自己写的信都交给陆逊，由他过目修改后可直接发出。

复刻玉玺，等同于直接把一个国家的外交全权交托出去，这是何等的信任？

不仅如此，东吴黄武七年（公元228年），孙权又拜陆逊为大都督、假黄钺。

假黄钺，意为被授予者能代替君主出征，拥有斩杀节将的权力。

陆逊出行时，孙权亲自执鞭走在前面，为陆逊开路。

百官除皇帝外不跪旁人，孙权却令百官向陆逊下跪。

东吴黄龙元年（公元229年），孙权为了封赏陆逊，在大将军之上又设置了上大将军。

一时间，陆逊所受荣宠，朝廷上下无出其左右。

东吴嘉禾三年（公元234年），诸葛亮联络东吴一同伐魏。两军僵持间，吴军患病人数增加，魏军援兵也已赶到，陆逊遂决定撤兵。不承想，送信使者为魏军所俘。

诸葛瑾大惊，陆逊却面如平湖，继续下棋，还称可继续按原计划进军襄阳。

进发途中，吴军水陆两路声势浩大，根本不像患病之师。

魏军本就害怕陆逊，现在更以为撤兵是计谋，怕死在对方手里，于是不敢进攻，纷纷弃物入城。

讽刺的是，由于东西甚多，导致城门无法关闭，于是只得自杀其民。

不过，令敌军闻风丧胆的陆逊事实上非常优待俘虏，甚至有携带家眷者，陆逊也会派人照看。

因此邻境人民的民心都偏向陆逊。

只有亲眼见过他的人才知道，这位战神一般的将军，有一双儒雅谦和的眼睛。

东吴赤乌七年（公元 244 年），陆逊成了新任丞相。

至此，陆逊终于成了一人之下万人之上的存在。而陆氏在他的带领下，又回到了那个不可企及的高门陆氏。

不论陆逊多位高权重，都从来没有跋扈自满过。他总是为底层人民着想，安稳地做着自己分内之事。

就像他善打胜仗，但从不爱好打仗，时刻注意安抚赈济百姓。

就像当年他辅佐太子孙登，也从未想过为自己谋权，只是尽职尽责地用儒家礼法，好好辅导太子。

孙登被他教育得极好，打猎时知道远离良田，不误踏百姓的庄稼，为人也谦和有礼，更是知道君主要宽刑轻赋。

可就是这样一位太子，一直不得孙权赏识，最后意外病亡。

孙登身亡后，陆逊转而支持三太子孙和。

毕竟比起鲁王孙霸，孙和才是正统的继承人。

至于那些权力纷争和拉帮结派，陆逊是不懂的。当然，他也不懂一个君主对权力的绝对控制可以扭曲到什么地步。

孙权不再是当年的孙权了。也许是他老了，糊涂了。也许是陆逊的权势大到让他害怕了。

孙权总觉得陆逊和太子太傅吾粲在背着自己密谋什么，他性多嫌忌，果于杀戮的一面终于暴露了出来。

所以当陆逊得知孙权处死了吾粲后，他惊讶之余，似乎也窥见了自己的结局。

陆逊是国之重器，股肱之臣，不能轻易处死。

孙权便遣人去他门口责骂他——如此人物，被日日劈头痛骂。

"陆逊的逊是何意？孙走了，留下陆，是何居心？"

陆逊想起自己儿时常被小孩拿名字开玩笑。结果过了五十年，命运又把这个玩笑开了回来——以他没想到的方式。

终于，陆逊没经住责骂。那莫须有的二十条罪名令他气绝身亡。

而直到临死前，他都没想明白。

自己坚持的东西，何罪之有？

陆逊这一生，做过文臣，做过武将。

背过盛名，背过骂名。

得过帝王的无双信任，也遭过帝王的滔天怀疑。

大家都赞叹他不负从祖父嘱托，天下无人不知陆将军，也算是光宗耀祖了。

可观其一生，陆逊心中坚持的只有一件事，或者说是一句话。

那句话在一个烟雨朦胧的江南三月朗朗逸出窗外，来自一个瘦弱温柔的少年。

"士不可以不弘毅，任重而道远。仁以为己任，不亦重乎？死而后已，不亦远乎？"

读书人不能不刚强坚毅，因为他身负实现"仁"的重大责任，这条路孤独又遥远。

原来陆逊从不为自己是个书生而羞耻，相反，他一生都在恪守身为读书人的品格。

仁以待人，仁以治国。

这条路任重道远，在那个乱世更是笑谈。

可这位书生做到了。

什么光耀门楣，威震天下，陆逊摆摆手走进历史的烟云里。

仁以为己任，矢志不渝。

兴复汉室

第二卷

蜀·汉

- 赵云 
- 姜维 
- 诸葛亮 
- 庞统

点击

诸葛亮

拂罗/文

星落秋风五丈原

待完成任务

史官任务：记录诸葛亮最后一次北伐时期的详细资料

人物：诸葛亮

年代：公元 234 年

背景：三国时期，诸葛亮进行第五次北伐，率大军据五丈原，与司马懿对峙百余日。八月，因事必躬亲而积劳成疾，后溘然逝于五丈原。

档案：诸葛亮，字孔明，号卧龙，出生于琅琊望族，三岁丧母，八岁丧父，后随叔父诸葛玄居荆州。叔父逝世后，青年诸葛亮在襄阳隆中一带隐居，与庞统、徐庶等人一同拜入"水镜先生"司马徽门下学习，互称同窗。

诸葛亮二十七岁遇刘备，三分天下，建立季汉，白帝托孤……南征北战二十七年，一生鞠躬尽瘁，死而后已。

诸葛亮

正在溯入时空——

最后一夜，久病的丞相曾冒着夜风，执意独观星象。
"丞相！五丈原风凉，我们回去吧……"
面对姜维的苦劝，他只是静静坐在满天星幕之下，缓缓抬眼，漆黑的眸色中光彩流转，仿佛长灯照夜，透出太平盛世燃灯的模样。
天边一颗长星溘然陨落——
玉镯内终于传来她的回音，笑语间，徐徐为他铺开旧时襄阳的光影。
从容帷幄三十年的思绪，终于在这一刻稍稍摇晃，如墨晕入水，微微恍神。

1

公元 205 年，襄阳山间。
师门前响起木剑碰撞声。
"啊，怎么又是小师弟赢了？！"
面对垂头丧气的师兄们，你叉腰得意："不服的人尽管站出来，我一一奉陪！"

数月前，你女扮男装拜入司马徽门下。
课业繁忙，身边全是"学霸"，你倍感压力，每天缠着诸葛亮求教。
这一年诸葛亮刚满二十四岁，他是整个师门脾气最好的学生，甚至还特意让你与他同席，平日并肩听课。
好在你武功不错，才不至于显得太"学渣"。

"没有师兄再来挑战我吗？"
你正对着众人耀武扬威，突然察觉身后木剑破风声，出剑者动作款款，看似随意挥剑，速度却不落分毫。
"刀剑无眼，小心！"

那人唤你的名字,是温润如玉的熟悉声音。

"孔明师兄!"你连忙旋身格挡,"你平时不是不参与比剑吗?这次怎么……"

"见你们如此热闹,一时兴起。"

拆招间,你看清他恬淡目光中的幽深,以及他唇边似乎永远不会消失的微笑。

想起拜入师门的头几日,他主动耐心问你:"课业是否跟得上?"

庞统他们都唤你"小师弟",唯独诸葛亮从未唤过。

"在想什么?"

诸葛亮放慢剑招,耐心等待你回神。

腕上的白玉镯发出柔光,你又听见丞相那沉着缓慢的音色,隔着遥远的数十年岁月从镯中悠悠传来:"方才说话的那个人,又是三十年前的我?"

你被吓了一跳,不慎脚底打滑,眼睁睁地向荷花池栽倒而去!视线天旋地转,最后一眼是诸葛亮朝你伸手,指尖白净而修长,令人心安。

你回握时慢了片刻。

扑通——

荷塘清清,溅起水色,你坐倒在清凉的水里,听学子们在岸边笑作一团,也挠头笑出声。

你内心其实很慌。

衣服全湿了!岂不是要暴露身份?

A 咬牙起身　　跳转6

B 继续坐着　　跳转4

2

迈入讲堂，你看见庞统和石韬他们正凑在一起吃冰杨梅。

"小师弟昨天进池塘凉快去了？"石韬笑问。

庞统沉默寡言，只朝他问好。

"广元师兄要是热也可以进去试试。"你笑嘻嘻地抓起两颗冰杨梅。

水镜先生还没来，众学子随意聊天，只有诸葛亮在安静地看书。

你在他旁边落座，看着他，思索丞相那边究竟有什么目的。

愣神间，突然听清一声轻笑。

诸葛亮靠近你，悄声问："一直盯着我，是我的脸上沾了墨，不好告知吗？"

"没有没有！"你连忙将冰杨梅一递，"我今晚把衣服洗一下，明天还你。"

"不急。"诸葛亮接过杨梅将它送入口中，视线淡淡扫过你的玉镯，"昨天，它是不是发出了什么声音？"

他依然笑着，目光却格外幽深。

"这，这是传家宝，材质特殊，师兄若是好奇，要不要看看？"

诸葛亮若有所思。

半晌，他笑着摇头："我若不慎碰坏就不妙了。"

你松了口气。

今日讲学开始，如今的你已经跟得上水镜先生的授课。

还记得入学时的狼狈——

司马徽性情宽厚，品评名士时只说"此人好，很好"。但你完不成作业，听见先生咬牙切齿说"很好"时，不禁打寒战："您还是直接发飙吧……"

当时，是诸葛亮为你打圆场。

"不要妄自菲薄。"他温和地安慰你。

"诸生也该到了出师的时候——"

你心中紧张起来，见水镜先生负手踱步，话锋飘然一转："出师那日，你们每人告诉为师一件自己最珍视的东西吧。"

学子们议论纷纷，唯独诸葛亮泰然自若。

"师兄，你觉得先生是何意呢？"你悄悄问。

诸葛亮目光高远，指了指自己心间。

这是……答案自在心中？

答完最后一道题便可下学。

《梁甫吟》中"一朝被谗言"的下句是？

A 国相齐晏子　　跳转 8

B 二桃杀三士　　跳转 5

3

他是溘然坠落的长星，你是史册之外的旅者。

明知天命，仍愿携手前行。

哪怕三十年后，你注定见证他出师未捷，伴随秋风陨落于五丈原。

拜别师门，你们悠悠隐入青山尽头。

距离刘玄德前来拜访，还剩下两年闲暇时光。

山野躬耕，秋去春来。

小院中，诸葛亮靠坐在躺椅上小憩，远远听见你采花归来的笑声。

"这是我在后山采的，你喜不喜欢……"推开院门，你看见他将书盖在脸上，呼吸沉静。

你蹑手蹑脚走过去，正要将一朵桃花轻轻别在他鬓边，却不料被他故意抬臂一揽，跌入他怀中。

诸葛亮悠悠挪开脸上的书册。

这满天下的灼灼桃花，刹那之间，纷纷在你眼前盛放起来。

"之子于归，宜其室家。"

END　于 归

◆ 4

岸边有人俯身伸手，手形赏心悦目。

是诸葛亮。

他眼神沉静，而你脑海空白，握住他的手。

跳转 6

◆ 5

你挥笔写完。

"孔明师兄，我要出去啦，你不走吗？"

诸葛亮微笑摇头："去吧，即使气候炎热，也不要去水深的地方玩，当心危险。"

石韬在门口朗声道："小师弟，同去采杨梅——"

她雀跃的背影消失在夏日的灼光中。

诸葛亮终于缓缓起身，拿起她留下的纸张，上面还散发着淡淡清香。

最近她新换的香囊，味道很像他用惯的熏香。

他薄唇微扬，目光扫过那些字迹——

那些隶书，虽然她有意按照本朝人的笔法习惯来写，但终究能看出一丝丝差异。

诸葛亮安静地提笔蘸墨，一撇一捺覆在她的字上，只是细微调整，却立刻完美掩去了异样。

他气定神闲，动作娴熟。

"最先怀疑她的人可是你，如今暗中护她的人也是你，"司马徽抚抚胡须，笑问，"如今不觉得她有什么坏企图了？"

初见那日，她的乔装很高明，加上那奇怪的玉镯，令他一度起了疑心。

诸葛亮望向窗外，波澜不惊。

"所幸，是我判断有误。"

散学回房　　跳转9

6

衣服湿淋淋地贴在身上，你撒腿想溜。

在嘻嘻哈哈的众男学子之中，唯独诸葛亮若有所思，静静地望着你。

"虽是炎夏，也易着凉。"他垂目解下自己的外衣，将那一袭宽大的天青外袍朝你披来，"我的衣裳借你，快些回去吧。"

你拢紧衣襟："孔明师兄……"

"明日水镜先生有讲学，别忘了温习功课。"

他对你微微一笑，收回视线，径自转身，背对着诸位学子悠悠离去。

出众的背影，如鹤归山。

你愣愣注视着诸葛亮渐远。

回屋后，玉镯传出声音："抱歉，才得空闲与你对话。"

比起与你同窗的青年诸葛亮，五十四岁的季汉丞相，语调更像是一位睿智而沉着的父辈。

诸葛亮

"方才我听见比剑之音，你们谁赢了？"

"没想到丞相如此有好奇心，"你幽幽回答，"我掉池塘里了……"

"无妨，"他温和一笑，"胜负乃常事。"

"距离五丈原天明还有一刻钟，军务紧迫，我继续为你讲讲北伐吧，备好纸笔了吗？"

你得以与两个诸葛亮打交道，全是他自己的安排。

当时，你满心激动地穿越到了234年的五丈原，被士兵逮个正着，亲眼见到了诸葛亮。

"你是我季汉的子民，还是其他两地的百姓？"

"我……"你抬起头，看清丞相的双眼。

距刘备驾崩已有十一年之久，诸葛亮成了季汉臣民心中的神，这样一位手握重权的丞相，眼神却始终宁静而淡泊。

你如实说自己是千年后的一位史官。

诸葛亮静静端坐在素舆之上，接过白玉镯，仔细打量着。

虽然那镯子拥有颠覆历史的力量，但你并不担心它会被古人轻易破解……

玉镯在他手中发出"嘀嘀"两声。

🌙【设备锁已解除】

或许是玉镯被破解的缘故，你接下来的记忆居然有些不全，只记得丞相似乎问过："我是否可以用它来战胜贼子，使北伐成功？"

那一刻，你感觉自己连灵魂都在颤抖。

但他不仅把玉镯还给了你，还答应口述北伐，作为交换，你需回到公元205年的襄阳。

襄阳历历，青山秀水。

"你周围是初春？隆中的竹大抵已及人肩膀高了吧，可找些春笋，小火慢熬，摆成春盘。"

"拨开草木，再向前走数百步，便可看见一座竹舍，那是水镜先生的住所……"

"丞相究竟想做什么呢？"你忍不住问。

他略略思索，轻描淡写地说："那么，你便想办法拜入水镜先生门下学习吧。"

"啊，丞相？！"你瞪大眼睛，他却继续忙军务去了。

你入城打听，却被书生们嘲笑："回家读《女诫》去吧！"

这时期女子求学艰难，你只好乔装成少年郎，寻找司马徽，拜入师门。

一晃数月，丞相事务繁忙，偶尔才出现。

夜凉如水。

丞相温和的声音打断你的追忆："功课温习了吗？"

"明日讲学，不温习也不行啊，"你幽幽点头，"您能不能透露一下，先生会讲什么？"

"大抵……会讲一些出师的条件吧。"

出师？！

不等你追问，玉镯缓缓暗淡。

早课出发　　**跳转 2**

7

"我帮她，因为——"长发倾洒于腰身之上，你抬袖擦去妆容，凛然放声，"我也是女子！"

众人惊得鸦雀无声。

诸葛亮

你大步上前，抢过《女诫》撕碎，如同下了一场凄烈的大雪。

"倘若古今女子都能看尽五湖四海，见识天地浩大，像无数千古豪杰那般扬鞭纵马，尽情追逐理想。那么，这天下没有哪个女子甘愿将自己困于方寸之中！"

喊声穿过人海，悉数落入诸葛亮耳中。

他静静地站在喧哗的人群外，眼睛一眨不眨地注视着你。

虽然诸葛亮早料到你会有所行动，但你的勇敢还是远远超乎自己的预料。

他眼中浮起惊讶、意外、思索……最后统统转为欣慰的笑意。

更多家丁与官吏匆匆跑来，你握紧长剑："燕儿，我带你强行突围！"

人群外，一声笑音如美玉清鸣——

"要打架吗？算我一个。"

诸葛亮穿过人群，款款朝你走来，他平日爱书如命，如今却信步踩过《女诫》碎页。

这是你第一次见诸葛亮收敛笑意，眼底如风雪凛洌。

"我从不做毫无把握的事，从不打毫无谋略的仗，"他与你并肩，"除非，我心甘情愿。"

鹰犬走狗倒了一地，你和诸葛亮也都挂了伤。

世人都道他机关算尽，却无人窥见他三十年前的青年岁月，也曾有如此快意的时光。

步入竹林，已是深夜，他扶着你稳稳前行。

你决定将自己的身份告诉他。

诸葛亮微笑聆听。

"你早知道我是女子，"你有些困意打着哈欠，"将所有事看这么透，不累吗？"

"自你入师门后，我感觉轻松许多。"他悠悠答道。

没料到他会如此回答，你脸上发烫："水镜先生平时那么低调，咱们这次惹了大麻烦，还不知怎么解决呢……"

视线旋转，下一刻，你已落入男子柔软而温暖的怀抱。

熟悉的衣香迎面拂来，你心脏狂跳，看清月光里诸葛亮清俊柔和的面容。

他从容地抱着你，款款上山："这一仗你赢得很漂亮，安心睡吧，余下一切由我来处理，不会有事。"

夜色里，庞统见诸葛亮抱你回来，终于露出一丝惊讶。

"原来如此，"他很快恢复平静，"需要我为你们保守秘密吗？"

诸葛亮轻声低语道："交给她自己决定吧。"

你被诸葛亮轻轻放在床上，他特意在你房里点燃自己常用的熏香，悄然离去。

梦中，玉镯再度亮起，丞相静静地坐在你的床边，望向三十年前这一轮旧月色。

他破天荒与你说了许多：家乡琅琊、襄阳好友、水镜先生……慢慢叙起这一生的历历往事。

"我还给此时的自己留了一些话，到时再让他听吧。"

夜尽时，星子陨落长空。

"丞相！丞相……"你极力伸手，想抓住他的衣摆，"不要走，季汉子民还在等您回去！这蜀道，您距离走完仅仅只差一步啊……"

猛然惊醒，屋里空荡荡一片，月光留在你的指尖，破碎成点点星芒。

你在襄阳入梦，他于五丈原长逝，相隔茫茫三十年尘世，不能伸手触及。

你捂心哽咽，遗落的记忆浮现脑海。

"我猜，丞相最后的愿望，或许仅仅是回一趟青年岁月吧。被子民视作神一般的他，也会有作为凡人怀念、思乡的那一刻呀。"

跳转 10

8

一张字条被诸葛亮轻轻推来，上面一行温润秀逸的字迹："再想想？"

跳转 2

9

庭中夜凉，你将天青色外袍浸入水中。

月色沉静，像极了那人温润而深邃的目光，嗅到他衣料上那一缕清润香味，你动作微顿。

此前，你去城里打听同款，一来二去，倒是和香贩家的小女儿熟了起来。因你平时总以少年郎打扮示人，燕儿一见你就脸红——有一次你和诸葛亮并肩下山，燕儿欢快地朝你跑来，居然直接无视了你旁边的诸葛亮。

你十分惊奇。

小姑娘态度坚定："我觉得你比任何人都好！"

洗了几遍还这么香，他是如何调配的呢？

等等，嗅人家衣服好像很花痴。

院门有脚步声，你悚然回头，看见庞统。

庞统依旧沉默少语。

见你欲言又止的样子，庞统面无表情地挪开视线："我什么都没看到，先走了。"

你猛然起身，喊道："喂！"

他越走越快。

此后几日，为了让庞统闭口不提，你每天带饭给他，而他每次都坦然吃完。

第一天，诸葛亮不动声色。

第二天，诸葛亮若有所思。

第三天，一本厚书被他"砰"地放在桌上，吓了你一跳。

诸葛亮微笑如常："最近是不是有什么把柄落在庞士元手上了？"

你张口结舌道："不是……我……"

庞统要说话，你一把抓起糕饼塞他嘴里："我不小心把士元师兄从山下买来的石蜜糖给吃了！"

诸葛亮平静地将视线挪向庞统。

庞统慢吞吞地点头："对，小师弟全吃了。"

课至一半，你收到诸葛亮的字条："半月后的休沐日，我要亲自采购一些制天灯的用具，要不要同去，挑些糖赔给士元？"

你执笔回写："难道它叫孔明灯？！"

诸葛亮笑笑："好像不错，便唤作孔明灯吧，制成后，我将第一盏灯放飞给你看。"

跳转11

10

玉镯，北伐……你全都想起来了。

营帐烛火幽微。

"丞相……"当时的你低声开口，"您在历史上的北伐行动，并没有成功。"

"您用镯子确实可以使季汉一统天下，可历史会发生错乱，后世黎民苍生会不会有事，我也不知道……"

诸葛丞相听完你的话，静静地注视着手中发光的玉镯。

两朝开济，五出祁山，那是他一生都没能走完的路。

良久。

诸葛亮

他终究缓缓将它放下——

"替我回一趟三十年前的襄阳吧,看看故地,这样就好。"

山门熹微。

当二十四岁的诸葛亮轻轻敲门时,你已经擦去所有泪水,推开房门:"师兄……"

"叫我诸葛亮就好,"他轻轻为你扶正头上的花簪,"想带你看我准备的宝物,不过它在一座山上,可能会十分凶险,你愿意吗?"

你破涕为笑,紧握他的手。

师门众人正等着你们——

"小师弟是女子?!"

"孔明能猜到不意外,为什么庞士元也不惊奇啊!等等,水镜先生你也……"

原来,诸葛亮昨夜已摆平诸事,司马徽同意燕儿入学。

燕儿欢快跑来,一脸坏笑:"哇!你身上好香,和诸葛哥哥身上的味道一模一样!"

众目睽睽之下,你面红耳赤:"别……别乱说话!"

师兄们笑出声。

你随诸葛亮出发。

险峻山路过半,竟下起了瓢泼大雨,你被诸葛亮伸手扶稳。

"别怕,"他声音沉稳,"慢慢来。"

究竟是什么珍贵的宝物,使他不惜冒这样的风险呢?

轰隆轰隆——

诸葛亮的身影在暴雨的帷幕中显得无比渺小。

你手腕的玉镯突然亮起,丞相的声音穿透漫长三十年的沐雨栉风,沉缓响起:"此去倾覆,受任于败军之际,奉命于危难之间……你可心甘情愿?"

诸葛亮迈步向前，朗朗放声："不曾有过动摇。"

大雨滂沱——

脚下山路崎岖，泥水奔流，将诸葛亮的步伐冲刷得摇摇欲坠。

"此去只愿庶竭驽钝，攘除奸凶，兴复汉室，还于旧都……你可坚定理想？"

洪流之中，诸葛亮抓紧山石："不曾放弃初心。"

惊雷阵阵——

"此去报先帝而忠陛下，鞠躬尽瘁，死而后已……你可觉得值得？"

这些年躬耕求学，隆中长吟。

那些年茫茫跋涉，蜀道北伐。

哪怕日月昏暗，也要幽而复明。

"明知天意不可违……"狂风骤雨，诸葛亮朝天际抬头，"孔明愿违之！"

手中石块猝然滑落，眼睁睁看着自己栽落山崖时，他心中涌起难得的不甘。

终究只差那一步吗——

就在此时，他突然被一只手牢牢抓紧。

你握紧诸葛亮的手："这一次我绝不会再放开你……绝对不会！"

山头放晴。

玉镯归于暗淡。

那天，二十四岁的诸葛亮，遥遥隔着岁月，朝着五丈原秋风尽头的老者深深躬身。

山巅竟顽强地生长着一枝花。

"每次心忧时，我就会一个人来这里打坐。"诸葛亮轻轻开口。

它不畏风雨，不畏孤寒，就这样静静坐观天下。

"我想起一个典故，"你笑道，"未看此花，此花与心同归于寂，看此花时，花色明白起来，如此便知花不在你的心外。"

他与你并肩坐在山巅，专注地倾身靠近："心中的花，我愿意与你同看。"

诸葛亮

"属于你的珍宝,被我藏在眼睛里,要看吗?"

四目相对,在他深邃的瞳孔中,你看清自己的身影——

"往后,你可愿留在我身旁,与我携手同行?"

A 与他同行 跳转3

B 就此离开 跳转12

半个月一晃过去,丞相那边却无音信,玉镯缄默得如同一位深沉的老者。

五丈原怕是早过了八月。

沉沉睡去,你在梦中听见年迈的卧龙低吟:

"吴更违盟,关羽毁败,秭归蹉跌,曹丕称帝……凡事如是,难可逆见,臣……鞠躬尽瘁,死而后已。"

休沐日。

诸葛亮换上那身洗过的天青衣衫在门前等你。

"孔明师兄!"你朝他跑去,"我起晚了……"

他款款一笑:"有心事?"

被他注视着,好像任何心焦都能被抚平。

"其实我拜入这里,是受某位长辈之托,他曾是这里的学子。"你有些低落,"但我始终不清楚那位长辈的内心想法……"

诸葛亮眨了下眼:"如果你是他,你的愿望会是什么呢?"

"我?"你摇头,"他很厉害,我猜不透的……"

"还记得我当初的话吗?"他的嗓音耐心而低柔。

你心中一跳:"不要妄自菲薄?"

"正是。"他轻笑起来,"只要是人,就没有猜不透的,哪怕再高深的人也一样。告诉我，天下如今分崩离析，你心中最强烈的愿望是什么呢？"

买官职的乡绅、神情落寞的读书人、被欺压的妇孺……步入城郭，触目惊心。

你脱口而出："我想让这山河统一，让百姓安居乐业！"

"我的理想同你一样，"诸葛亮望着你，"所以，我相信你能做出正确的判断。"

众人来来往往，独他身影清透，气度高远。

"相信"二字，他说得温柔而坚定。

从担任史官的那一刻，你便知道历史终究会飞散，连人类也在岁月中湮灭时，千年历史将不复存在。

一次次的记录，不过螳臂当车。

可你偏要去做。

正如两年后刘备与他的相遇，理想主义者之间的焰芒，总会互相吸引。

三十年前的青年，三十年后的老者。

一少一老，纵然岁月在脸上留下沟壑，可他们淡泊而宁静的眼神竟从未变过。

"谢谢你，孔明师兄……"你突然发现商铺内已是人来人往，"啊，再不去就买不到了！"

诸葛亮笑笑，朝商铺走去。

"再过一会儿……"他脚步微顿，意味深长，"这里恐怕会发生一些不愉快的事。"

他说话总是神神秘秘的。

你刚买完糖，绝望的求救声突然刺入耳中。

"救命啊——"

几名家丁强行拽着燕儿，要将她拽进轿子里，爹娘竟将她许配给了同郡五十岁的乡绅。

岂有此理！

你挤开围观人群，制止道："有我在，谁也别想逼她！"

117

诸葛亮

入耳却只有众人的议论声。

"也不知跟谁学的，天天争强好胜，哪有这般不贤惠的？"妇人们指指点点。

"夫者天也，天固不可违啊！"书生们苦口婆心，"兄台，女人的事你何必多管呢？到时她自然就同意了……"

你想起自己初来时的经历，求学无路，只得到嗤笑："不能骑马打仗，不能运筹帷幄，你读再多书有何用？"

不要妄自菲薄。

耳边悠悠响起孔明说过的话。

众目睽睽，你伸手拽向束发的葛巾……

拽下葛巾　　跳转 7

12

你知道，自己终究不属于这片山水，如今任务完成，你也该离开了。

下山之后，你与诸葛亮走向两条路——

你回山门告别，他往隆中隐居。

师兄们依依不舍地为你送行。

水镜先生悠悠笑道："为师最后送你几句话。"

你低声问："若是以后闯了祸……千万别报师父您的名号？"

司马徽哈哈大笑。

"你乃岁月之外的来客，但为师希望这段经历能在你心中熠熠生辉。徒儿，无论去往何方，襄阳师门永远有你的一席之地！"

司马徽手执拂尘，大笑朝天际一扬，群鹤自他身后唳向九霄，这天下有识之士，正纷纷涌入云浪——

别了，襄阳。

临别回头，你看见一盏孔明灯冉冉升空。

史书翻页，岁月长河，是那个人在山头悄悄为你点燃一抹照亮夜色的灯。

分别时，他曾笑说的那句话，又慢慢自心底回响起来：

"如果不能再见，那么，愿你余生万事如愿。"

END　燃　灯

赵云

只身为君平征途

拂罗/文

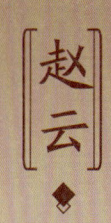

初平二年（公元 191 年），东方熹微。

军帐内二人彻夜的谈论声，似乎也随烛火忽明忽灭。席地对坐间，刘备只觉得对方的半张脸都藏在阴影中，悲喜难辨——师兄近年变得阴鸷许多。

他依附于公孙瓒实属无奈，乱世自立像一场豪赌，而他手上总是缺了几个筹码。

烛光倒映出刘备起身时那一抹侧影，如同滑过刀尖的锋芒，他恭敬垂眸，温声开口："将军，此番去青州对抗袁绍大军，不知哪些良将能随我出征？"

"前不久，常山王国对我举荐过一个文武双全的少年，"公孙瓒思索片刻，挥手吩咐侍从，"让他进来吧。"

少年？刘备忖量间，帐帘已经被一只手忽地掀开。

晨光洒满军帐，霎时驱散残夜，踏光而来的银铠少年眉宇间的英气仿佛化作一弧贯日的长虹。

"常山人赵云，字子龙。"

燕赵自古多感慨悲歌之士。

当韩愈将饱蘸感情的浓墨泼向赵云的家乡，便将此地的侠气刻画得淋漓尽致：蔺相如怀璧的怒喝仍在耳边震彻，荆轲悲歌的孤影已顺易水远去……十多年前，常山赵氏人家的屋里响起一声响亮的婴啼。

"真是个粉雕玉琢的小娃娃！"

赵云听长辈讲，自己见人就笑，大人与兄长都对他疼爱极了，爹娘更是翻遍《周易》才为他的名字定音。

"云从龙，风从虎，圣人作而万物睹。"父亲朗笑，"云随着龙吟而涌，风随着虎啸而吹，合在一起便是风云，圣人一出现就让万物瞩目啊！"

"云儿，明亮之物本该肝胆相照，豪杰英雄则要互相应求。你从小就是刚正不阿的孩子，以后一定要择得明主，才能相映发光。"

在父亲说出这番话时，东汉王朝已如残阳，各地涌起兵乱，买官之事屡见不鲜，但家乡依然保持着铮铮风骨。待赵云再长大些，他所目睹的是"几度报仇身不死"的民风，便与兄长一同向往游侠儿的生活，每日刻苦习武，勤奋读书。

"哥，我以后一定要成为白马义从！"

"白马义从"是乱世里赫赫有名的一支破虏部队，由公孙瓒亲率，每逢异族入侵边境，他便如赴仇敌般深入敌营，不死不休。由于他与数十名擅骑射的下属皆骑白马，互为左右翼，使得乌桓万分恐惧，高呼："避开白马长史！"

这支轻骑，成了赵云最向往的英雄模样。

日升暮落，岁月从少年的枪尖上一点点溜走，习武的木枪被一次次挥出，汗水挥洒，再重重砸向地面时，自己手中已然换成了一柄杀敌的银亮长枪。

离乡那日，他跨上一匹雪白骏马，朝郡民们笑着挥手作别。

日出东方。

"驾！"

此时汉末依然笼罩在血色中，残暴的董卓在长安城大肆掳掠，百姓哀鸿遍野，群雄仍需伺机而动，逐鹿正待徐徐开篇。

初平二年（公元191年），赵云在军帐中不仅见到了公孙瓒，还结识了年轻的刘备。

公孙瓒侃道："听说你们冀州人都想投奔袁绍，怎么只有你能迷途知返呢？"

"天下大乱，不知谁是明主，众生有倒悬之危，"赵云直言，"常山的众人经过讨论，最终决定要追随仁政所在，并非是要忽视袁公而偏向将军您。"

白马踏入西风深处，他从此留在公孙瓒麾下。

年复一年，现实与理想背道而驰。

或许长久的权力终究会淹没一个人的初心，公孙瓒早就变了个人，这些年间，但凡军队过处，必放任士兵们烧杀掳掠。

率真的赵云与其他人格格不入。

赵云

长枪所指，并未给百姓带来安宁；马蹄所踏，也从未踏平这江山的动荡。曾以为自己能白马银鞍，追随明主成为照亮乱世的那一道明光，而今放眼四周，尽是酒色嗜杀之徒。

昔日风光无限的白马游侠，莫非已经消失了吗？父亲说同明相照，同类相求，如今的公孙瓒还能与自己相照生辉吗？

赵云发现自己从未看透过这位旧日英雄，他决定伺机离开。

所幸身边还有刘备这个好友。

刘玄德性情宽厚，乐善好施，哪怕普通百姓，他也愿与之平起平坐。某次有郡民轻蔑刘备，竟派遣刺客去暗杀他，毫不知情的刘备对刺客以礼相待，使其大为感动，坦诚而去。

"他人越是残暴，我越该以德服人，这才是民心所向啊！"

沙场扬鞭，并驾驰骋，赵云从刘备眼里窥见一抹亮如少年的光。

"我作为中山靖王的后人，当以匡扶汉室为己任，奈何……"

对饮彻夜，推杯换盏，赵云也曾在刘备的笑意里读懂那一瞬间的落寞。

那是赵云离开公孙瓒麾下的前夜。不久前，远方传来兄长去世的噩耗，赵云请辞归乡，不打算再回来。

酒过三巡，他神情低落，突然被刘备紧紧握住双手："若有机会，子龙可愿留下随我成大业？"

赵云一愣，抬头看清对方殷切的目光，心中微震。

倘若有朝一日你为君，我为臣，我们是否能永远这般志同道合？

"眼下需回去主持兄长的葬礼，他年再遇，我必不会背弃您的恩德。"赵云许下承诺，跃上马背。

不知走了多久，他再回头，看见夕阳下刘玄德仍朝这边遥遥招手。

建安四年（公元200年），公孙瓒被袁绍伏兵包围，引火自焚。

这些年，刘备经历大起大落。曾与曹操联军大败吕布，又因"衣带诏"事发而激怒曹操，被追得丢盔弃甲投奔袁绍。

赵云再次见到刘备，是在邺城。

"子龙，这次可不会再让你走了！"刘备紧紧攥住他的手，笑问，"投奔袁绍乃是缓兵之计，下一步我打算去刘表那里，你可愿来我麾下，帮我暗中招募兵马？"

当夜，二人畅谈未来到天亮。

刘玄德心中装着一个盛世仁政的梦。

江山已然成为任人扯碎的飞絮，群雄演尽阴谋阳谋，有人唇舌一动掀起屠城祸乱，有人轻描淡写目睹万军埋骨。

人影幢幢，细看分明是一只只摒弃人情的魔鬼。

送完兄长最后一程，赵云也曾打马离开常山，周游乱世，无数人见过这位银铠飒爽的青年，无数人也终与他擦肩而过。

这几年来，唯独刘玄德依依送别的身影清晰如昨。

"日月若驰，一晃我也老了啊！"

几年后，他听闻主公在刘表席间落泪，深深发出"髀肉复生"之悲叹。

"这孩子小名阿斗，大名刘禅，如何？"

也曾目睹刘备抱着襁褓中的儿子，欣喜若狂，唤他来看。

赵云默默跟随在后，见证他身旁陆续新添的身影：诸葛亮、庞统……从他们眼中，赵云看到理想的光芒。

"常山赵子龙"的威名也渐渐远扬——

建安十三年（公元208年），曹操大军攻荆州，刘表之子刘琮投降，刘备率妻儿逃走。路过襄阳，竟有十万余百姓背井离乡，追随而来，使行军十分缓慢。

眼看五千曹兵火速追来，有人急劝："主公，现在应该速速保住江陵啊！

我们人数多，士兵少，若曹孟德追来，拿什么来抵挡？！"

老弱妇孺，惊惶悲泣。

甘夫人抱着哇哇大哭的阿斗，默默垂泪。

刘备含泪摇头："成大事必以人为本，这些人来追随我，我何忍弃去！"

刘军奔逃，曹军急追。

后方黑压压的曹军如云席卷，奔逃路上，阿斗的哭声被远远落在后方，赵云不假思索，勒马急停，于一片混乱中反身朝着曹军杀去——

此地正是长坂坡。

"子龙何在？！"刘备大惊。

"主公，赵云朝北去了，怕是要降敌！"有人禀告。

刘备怒掷手戟打向那人："胡说！子龙不会弃我而去！"

"驾！"

赵云手中缰绳越抖越急，他如一颗明亮的孤星杀入敌阵，长枪舞如蛟龙，无人胆敢近身，朗朗高喊穿透战场。

"阿斗！夫人——"

他猛踢马镫，先将受惊的阿斗抱在怀里，再护着甘夫人一路杀穿敌兵，向南离去。

目送他一骑绝尘，曹兵心惊胆战。

当赵云追上刘备时，孩子已经疲惫地睡着了。

他松了口气，小心翼翼地将婴孩护在怀中下马，仔细端详起阿斗沾满尘土的小脸。

阿斗，多年以后，你会成为像你父亲那般的仁君吗？

他抬起手，忽又缩回，先在胸甲上用力蹭了蹭，才轻轻擦向孩子的脸。不料布满茧的手指碰醒了阿斗，孩子突然睁眼，清澈的黑瞳里倒映着这位大哥哥——眼若朗星，银铠染血，风尘仆仆，神采奕奕。

赵云的手连忙一缩，孩子却咧嘴朝他"咯咯"地笑起来。

他愣了愣，也笑出声。

"主公，少主与夫人都无恙。"他笑着抬眼。

"太好了，"刘备快步过来将他一把抱紧，"子龙也无恙，太好了……"

逃过杀劫，颠沛逃亡的英雄终于等来了一场赤壁的大火。孙刘两军结盟，将曹操逼得退回北方，从此天下三分，刘备在荆州有了立足之地，又朝着富饶的益州侵去。

"子龙叔叔，能不能再讲讲长坂坡呀？"赵云被留在荆州掌管内事，阿斗总会像个小尾巴一样缠着他。

不久后，阿斗险些再被掳走。

当时孙权的妹妹与刘备联姻，见刘备西征，孙权便派船来接妹妹回国，孙夫人竟想趁机带走阿斗。赵云连忙率兵奔往长江，截回孩子。

"夫人请回吧！"

水涨风急，东吴船队一去不返。

阿斗丝毫没察觉到危险，正嘻嘻哈哈地捧起小石子给赵云看。

这孩子性情如同一张白绢，以后会是怎样一个君主呢？

待刘备凯旋，有人趁机提议："主公，不如将打下的房舍田地赏赐给诸将？"

侵略益州本就属于不义之举，又怎可再掳掠剥削平民？

"霍去病曾说匈奴未灭，无以家为，如今国贼不止一个，还不到安定时，为何不等到天下太平再返乡耕田呢？"赵云铿锵反驳，"何况益州百姓刚遇战乱，我们要将田产归还，才能让他们安居乐业，归顺主公啊。"

四周愕然，窃窃私语。

赵云孤身站立，蓦地，几十年前"白马义从"的少年理想再次燃起火焰——

赵云

你为君，我为臣，我们是否能永远这般志同道合？

所幸，刘备与他想法一致："子龙所言极是！"

建安二十四年（公元219年），刘备五十八岁，而阿斗长成一个顽皮少年，整日嬉闹，并不知父亲和叔叔们率兵征伐的艰辛。

这一年里，曹刘两军争汉中，黄忠见曹军粮草囤积在北山下，不禁心痒，想趁机劫粮。赵云左等右等，眼看约定时间已过，黄忠迟迟不归，他决定率骑兵数十人外出查看。

不承想与曹军狭路相逢。

似曾相识的黑云追兵，似曾相识的白马单骑，这次，常山子龙已不再年少。

轰隆隆的马蹄声追近，像催命之音，赵云握紧长枪，朗朗高喝："诸位，随我杀回去！"

长坂坡那一袭孤勇的侧影再现，只见银铠将军杀气腾腾，一路突围，将曹军杀得散开。赵云回过头，见部将张著受伤被围，他引马调头，再次冲锋突围，硬生生将其救回营寨。

寨中汉军速速开门迎接将军，见敌兵追至，大惊失色："快快关门——"

"不！传我命令，打开大门，偃旗息鼓！"赵云高喊。

当日，曹军见赵云营寨大门敞开，疑有伏兵，不敢进攻。战局似乎一转，原来是赵云又下令将擂鼓敲得震天响，箭雨顷刻朝他们掠下——

"果然有伏兵，撤退！撤退！"

曹军信以为真，自相蹂践，坠入汉水中淹死的士兵甚多。

翌日，刘备听说这场空城计，大笑着搂住赵云的肩："子龙一身都是胆啊！来人设宴！"

君臣二人，饮至天黑。

上了年纪，历历的回忆就容易混淆在一起。

"中山靖王的后人，当以匡扶汉室为己任……"

两年后，六十岁的刘备在成都称帝，改元章武。阶下群臣朝拜，唯独少了身殒麦城的关羽。赵云望着刘备的面庞，觉得他又苍老许多。

是从何时开始衰老的呢？

"若有机会，子龙可愿留下随我成大业？"

章武元年（公元221年），刘备为关羽复仇心切，不顾劝阻发兵东吴，却连张飞也被部下刺杀。悲痛冲昏了刘备的理智，他拒绝议和。

那些怒吼的背后，分明藏着一抹嘶哑的泣声，赵云知道，他的主公仁慈退让了一辈子，早已无法再承受任何猝然的失去。

"倘若有朝一日你为君，我为臣，我们还剩几年能够同行？"

章武二年（公元222年），汉军被陆逊火烧连营四十座，尸骸漂流，塞江而下，刘备退回白帝城，接受谈和。

"臣……曾目睹他颠沛流离，见证他称王称帝，又目送他崩于永安宫。"

章武三年（公元223年），刘备向群臣托孤，同年四月，刘备忧郁病逝。

当年被赵云救下的孩子，终究要代替他的父亲，年轻的后主一步步登临王座。赵云总觉得，刮过蜀汉的猎猎长风，在今后将变得格外寂凉。

大业未成，故人长逝。

在赵云余生六年的记忆中，主公死后，丞相总是定定地望向北方出神，就像是孤身坚守着一群理想主义者留下的余烬。

建兴六年（公元228年），诸葛亮第一次挥师北伐，派赵云领疑兵出斜谷道，自己则率主力军攻祁山，首战使得曹魏朝野恐惧，却不料马谡大意失守街亭，使得大势退去。另一边斜谷道也出师不利，赵云亲自断后，烧毁斜谷道赤崖以北的阁道，才迫使魏军停止追击。

北风凄凉。

当赵云第二次朝北方伸手，他没能抓住风的痕迹。

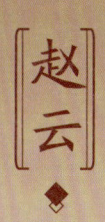

此生罕有败仗的老将，在风里忽然咳嗽。

人生有多漫长啊，少年将军骑着一匹白马飞驰在大路上，他从未想过，原来自己也会在江湖深处慢慢垂暮。

驰过光阴荏苒，驰过斗转星移，马蹄溅起星星点点的岁月。记忆里，君臣对饮的闲暇时日，好像永远都过不完——

那时的人生一眼看不到尽头，那时的你我永远也不会老去。

次年，赵云寿终。

"倘若有朝一日我为君，你为臣，我们……"

迷惘间，刘备眼前无边的黑暗被一支长枪忽地挑开。

晨光驱散阴晦，踏光而来的银铠少年，唇边笑容仿佛一弧贯日的长虹。

"子龙不会弃您而去。"

庞统

残星已落，棋子难收

拂罗/文

庞统

建安十九年（公元214年），雒城外杀声震天。

城墙之上，弓兵齐齐放箭，城墙之下，两军白刃烁烁。战场残酷，庞统本应再熟悉不过，电光石火间，他面无表情地抽刀斩向敌兵，却不合时宜地看清对方眼中的滔天恨意。

"放箭！杀退刘备军！我益州军民誓死不降，杀——"

益州兵那一声声饱含血泪的嘶吼灌入耳中，他幡然憬悟，自己才是侵略者。

伐人之国，非仁者之兵……

兵临城下，十万火急，率兵攻城的军师却微微恍了神。当黑压压的箭雨朝自己飞来，他冥冥中意识到，或许，这会是自己此生最后一眼看到的光景。

"军师！"

在将士的惊呼声中，庞统抬起头，耳畔响起的却不是锋芒贯入血肉的声音，而是二十年前自己对好友笑说的那句誓言——

"那么，我偏要在这乱世做一枚坦坦荡荡的白子。"

箭矢贯穿胸膛，三十六年的岁月一挥而过，循着记忆逆流而上，洋洋洒洒，犹如大梦初醒。

他得以窥见昔日那个眼神倔强的寡言少年。

这大汉在庞统出生前已早有式微之兆，京城内是戚宦举戈内斗，京城外有叛军虎视眈眈。天下如死局，而后揭竿涌起的黄巾军正是那支射碎棋盘的箭，"咔嚓"一声，珠玉落满地，群雄割据的大乱世终于拉开帷幕。

过浊世的河，青山历历入眼来，庞统想起故乡襄阳。听大人笑谈，他这娃娃自打一出生就性子沉闷，连哭声都不似其他新生儿响亮，以后可别是个朴钝的孩子啊。

襄阳位属荆州以北，当时的州牧是刘表，襄阳在他的治理下欣欣向荣。许多名士为避战乱，纷纷迁来居住：庞德公、司马徽、年幼的诸葛亮、徐庶与石韬……其中最德高望重者，正是自己的叔父庞德公。

在幼时庞统的印象里，叔父厌烦乱世，不愿入仕，每日以躬耕读书、教导弟子为乐。襄阳一带的百姓都十分崇敬他，刘表曾多次亲自上门求贤："先生只保全了自己一人而已，何不保全这天下？"

"鸿鹄巢于高林之上，暮而得所栖；鼋鼍穴于深渊之下，夕而得所宿。"庞德公答，"我住的房子小舍，不过只是人的巢穴罢了，万物碌碌庸庸，都只是为了求得一方栖身之所。这天下，并非我要保全之物啊。"

见年幼的庞统好奇听着，刘表抚摸着孩子的头，又问："先生苦居畎亩，不肯做官，以后有什么能留给子孙的呢？"

庞德公大笑："世人追名逐利，皆把危险留给子孙，今独我将安乐留给子孙，所留之物不同罢了！"

刘表怅然离去。目送着他的背影，庞统心有所感，慢慢出声："叔父，今天下大乱，倘若我以后能像您这般，留在家乡，教化世人，能否将道义之风留给后世人？"

"天下七分黑，倘若我们能坚守三分白，能否使得棋盘上白子渐多？"叔父眼中似有深意，"士元，少时理想最易折，待你长大以后，且入世历练一番吧。"

一年复一年，同乡少年们时常来拜访庞德公，再邀庞统结伴游学。

"士元，别闷着读书啦，同去同去！"

家乡往往会成为一个人成长的底色，流不断的春水，望不尽的竹山，徐徐铺成了庞统年少记忆中的襄阳——林间长啸，翠竹如刀，一刀刀琢出少年们孤直的风骨；月夜清谈，微风徐徐，一声声送来少年们激昂的阔论。

谈天下，谈理想，谈未来。

有人渴望被明主赏识，有人则期待平步青云，你一言我一句，唯庞统沉默。他心中仍想着叔父的教诲，每讲出"只愿留在家乡"，总会引来少年们的耻笑。

同辈之中，唯有一位目光深邃的温雅少年从不会嘲笑庞统，那是诸葛家的少年。

庞统

"唉！孔明你来说说，我们以后能官居何职？"

诸葛亮徐徐摇扇："你们可以官至刺史、郡守。"

"你们俩真奇怪，庞士元执意留在家乡不说，孔明又非要在茅庐等明主上门，"少年们追问，"那你自己能做什么官呢？"

诸葛亮笑而不语。

林风萧萧，将少年们互相打趣的笑声送往远方，年月一晃，悠悠淌过。

当时名士们喜好品评人物，根据德行才华作出评价，使他们声名远扬。

庞德公称诸葛亮为"卧龙"，称庞统为"凤雏"，但因为二人性情不同，"卧龙"之才名很快远扬荆州，而凤雏却迟迟不为世人所识。在叔父推荐下，庞统动身前去拜访"水镜先生"司马徽。

面对这位寡言青年，司马徽正坐在树上采桑，并未留意。

庞统端坐，不卑不亢。

多年深藏的才华锋芒毕露，两人从白天谈到入夜，司马徽惊异不已，脱口而出："这南郡众多才子竟无人能与你比肩啊！"

有了这句话，凤雏的名号终于传开。

不久后，二十多岁的庞统被南郡征为功曹，动身赴任，留在家乡；再后来，二十七岁的诸葛亮出山辅佐刘备，作《隆中对》，扇指天下。

临别之际，卧龙会不会也曾聆听过凤雏的理想？

多年后，眼神深沉的庞统其实也幻想过，走完此生，史书是否会用薄薄两页记下"庞士元"这个名字？可那一抹绵亘的山青色总是历历入梦来，他又想，青史纸背终究遗落了太多太多的往事。

譬如，他曾与孔明最后一次林间出猎，谈论志向。

"今天下纷乱，士元当真要选这条路，只愿留在家乡，不愿向天下遨游？"

对视间，庞统从诸葛亮幽深的眼眸中看到一抹自己的倒影。与沉默寡言的外表截然相反，青年眼中暗藏着烈烈不熄的骄阳。

"助主公侵城掠地，带来更多战祸，无非是求一方栖息的巢穴而已。那么，我偏要在这乱世做一枚坦坦荡荡的白子。"

他仰头眯眼，朝着那灼目的烈日缓缓展弓："我会留在荆州，待兵戈歇止，待海晏河清。孔明，等到乱世过去，你我再共聚一堂，品评这四海之内的名士吧！"

锋芒自指尖离弦，那支箭越飞越高——

消失在视线尽头。

这一箭，能否如凤凰那般，直直向着烈日深处去？庞统的心脏怦怦狂跳，乃至微微绞痛。他还记得，弓弦脱手那一刹，自己的胸膛仿佛也被什么东西贯穿，那是名曰理想的锋芒给年轻心脏带来的震荡。

人啊，是从什么时候悄然改变的呢？

挥手两相别，十年，就在弹指一挥间。

自汉朝起，各州由州牧管辖，下方则是各郡太守，而作为太守佐吏，功曹在一郡之中地位尊显，好比一朝之中的相国。南郡治所属于江陵县，乃富庶之地，郡功曹的权力自然也远远大于其他同辈官员。

三十岁的庞统悉心培养年轻人的名声，渐渐地，人们却发现他经常言过其实，不禁感到奇怪："您对他们做出的评价往往超出他们的真实才华，为何要这样做呢？"

一刹那，庞统想起那个被形容"朴钝"的寡言青年。

"当今天下大乱，正道衰退，善人少，恶人多。我想兴起助长正道的风气，宣扬榜样的力量，改变世风。"他语气从容，"倘若不言过其实，他们就无法得到世人敬仰，倘若义士无人敬仰，为善者就会越来越少。如今我每栽培十人，便可勉励五人，这五人继续推崇正道，使有志者自励，这样有何不可呢？"

语毕，他手执一枚白子，垂目将它轻轻放在棋盘上。

庞统

纵横棋盘，黑子杀局，正来势汹汹——

这些年间，曹操势力一统北方，趁刘表病逝，他率军朝荆州攻来。刘备及时派出诸葛亮与江东结盟，孙刘联军火烧赤壁，大败曹操后，南郡也就成了孙权的地盘，由周瑜担任新的江陵太守。

天下分崩，国主迁移，生民废业，饥馑流亡。

以仁止战，真是正确之举吗？庞统心中渐渐迷茫。

"士元可愿来我麾下，继续担任这南郡功曹？"挣扎之际，他听到周瑜的笑音，"先生既然不愿随我剑指天下，便继续留在这里教化世人吧。"

在周瑜重用下，庞统心中一度燃起新的希望：不闻乱世，投身理想——不承想，安逸的日子仅仅维持了数月。

次年，周瑜猝逝于巴丘。

此时此刻，庞统正伏案午憩，梦见自己与人对弈，对方面容模糊，突然冷笑一甩袖，满盘白子被掀得七零八落。

哗啦——

庞统惊起，不慎打翻了满桌案宗。惊骇未平之际，下官闯进屋内，痛心疾首禀告："先生！周公瑾……卒于巴丘！"

转眼，他竟又变回孤身一人。

庞统护送周瑜的灵柩至东吴，江东的名门望族纷纷赶来结交。

返乡之际，他乘舟顺水，听见对岸响起遥遥的呼喊。

"士元先生！等到天下太平，我们再共聚一堂，品评四海内的名士——"

庞统心中微震。

他站在船头，猛地回身，只见岸边人影已然模糊，仿佛青年时代稚嫩而坚定的自己，正笑着朝三十岁陷入迷茫的自己招手作别。

世道湍急，他在水中看清自己疲惫的倒影。

天下……何时能太平？

"天下七分黑，倘若我们能坚守三分白，能否使得棋盘上白子渐多？"

返乡途中，他只看见各州分崩离析，名士流亡。

南郡天翻地覆，刘备借取周瑜留下的江陵，将庞统改任耒阳县令。

从一郡功曹忽然跌落成一城县令，身不由己，又谈何教化世人？面对刘备的不重用，迷茫与不平在庞统心中疯长。他不愿处理县务，每日闭门不出，因此被免了官。

也罢。

正要卸下官袍，换上布衣，不料竟逢转机。原来是东吴鲁肃特意写信给刘备，说庞统此人"非百里之才"，诸葛亮也出言推荐。

求贤的刘备立刻召见庞统，恳请他助自己征伐天下。

沉默间，庞统想了许多。

说太平，说盼太平，乱世究竟何日太平？说天下，说胸怀天下，自身难保如何整顿天下？二十岁的他满怀期待地等待，三十岁的他却已看不见等待的尽头。

不如以战止战。

走出军帐，庞统听见一声熟悉的悠悠笑音："士元。"

阔别十年，他再次从孔明幽深的双眼里看见自己如今的倒影。与踌躇满志的外表截然相反，男人眼中暗敛起一抹隐晦的深沉。

他与孔明擦肩而过。

军师美至，雅气晔晔。

后来，庞统与诸葛亮同为军师中郎将。

随军生涯使他的心愈发冷冽，麈尾一挥，棋盘黑白子便抵死拼杀，阴谋阳谋，尽在掌中。

建安十六年（公元211年），益州牧刘璋派法正联结刘备，共同抗曹。不料法正、张松暗中献策，劝刘备趁机夺益州。见刘备迟疑，庞统进言："荆州荒残，人物殚尽，东有吴孙，北有曹操，难实现鼎足之计。益州国富民强，户口百万，夺下此地可成大事。"

"如今与我水火不容者是曹操，曹操暴虐，而我仁义，而今却要失信于天下吗？"刘备执棋迟疑。

庞统与他对弈，平静垂目答："如今正值随机权变之时，乱世瞬息万变，望主公切忌墨守成规，不妨直接在见面的宴会上劫持刘璋。"

他未察觉，自己指尖正夹起一枚黑子。

噩梦中，那个冷笑掀翻满盘白棋之人，终于眉眼渐明。

那是他自己的面庞。

起初，心软的刘备在宴会中放过刘璋。一年后，因张松被刘璋处死，两方关系破裂。庞统再献三计，刘备终于采纳，大军势如破竹，攻下涪城。

刘备设宴庆祝："多亏庞士元的功劳，我们必能向前，再夺雒城，直取成都！"

雒城？

不知为何，庞统心中微微绞痛。

"今日宴会，先生也很快乐吧？"刘备举杯醉笑。

席间气氛欢乐，唯庞统面无表情，冷冷出声："伐人之国而以为欢，非仁者之兵也。"

满堂愕然变色。

刘备大怒："武王伐纣，前歌后舞，难道也不是仁者之师？这话不当，你出去！"

见庞统犹豫着起身要走，刘备一激灵清醒，连忙招呼他回来，而庞统坐下喝酒吃菜，并未抬眼。

刘备轻咳："方才我们的争论，究竟是谁的过失呢？"

庞统动作微顿："君臣俱失。"

宴席在刘备大笑声中恢复热闹。

心中有个倔强少年缓缓质问："分明是你自己献出的攻城计，倘若你不挣扎，不痛苦……你又何苦在欢宴席间冷着脸喝酒，一言不发？"

庞统仰头，将此生最后一杯烈酒饮尽。

最后，这绞痛终于成为他的夺命伤。

建安十九年（公元 214 年），雒城外杀声震天。

"放箭！杀退刘备军！我益州军民誓死不降，杀——"

看清少年士兵眼中滔天的恨，庞统微微恍了神。这一眼，为他招致杀身之祸。

"军师！"

箭雨在他瞳孔中无限清晰。

那箭，像极了年少射出的那支箭。原来它没有射向烈日，而是兜兜转转二十年，如今竟回到视线里，直直朝着三十六岁的自己落下，凛然一箭，贯穿心脏。

"我会留在荆州，待兵戈歇止，待海晏河清……"

旧日理想，似星火一点，顷刻之间燃尽此身。

战场擂鼓不歇，士兵厮杀未止，他的耳畔却归入寂静。当庞统紧握缰绳的指尖徐徐松开，那匹浴血的马儿仍驮着他，摇摇晃晃，走了数步。

马儿啊马儿，你要载我去哪里呢？

仰头望天，他忽然想笑。

马儿啊马儿，你要带我回家吗？往襄阳去，回到那片魂牵梦萦的青竹林？倘若奋力伸手，拨开草木，沿着旧日的箭痕大步向前，是否还能看见少年们辩经论道的茅庐？

是否能驮我再回一趟山野高歌的少年时光？是否能看见另一个目光深邃、波澜不惊的少年，他会不会如当年那般徐徐摇起扇，却与我相望不识，张口问："远客从何处来？"

马儿啊马儿，天地茫茫，你可知我已经回不去家乡？

那一抹笑意从他的唇角悄然泯灭。

庞统

进围雒县，统率众攻城，为流矢所中，卒，时年三十六。先主痛惜，言则流涕。拜统父议郎，迁谏议大夫，诸葛亮亲为之拜。

——《三国志·庞统传》

人啊，是从什么时候悄然改变的呢？

孔明，倘若你此生是一条泱泱向北的河，那么，河的始岸会不会出现那片青青的竹林？林间会不会悄悄珍藏着襄阳少年们旧时的光影？

途中，有人溘然陨落，有人籍籍无名，而你必是能亲眼见证故事到结尾的人。在捧着初心孑行的某一刻，你是否也曾梦回过故事刚开始的时候？

孔明，我要回去了，你且继续向前走吧。

天地茫茫，不要回头。

姜维

姜式生存之道

明戈／文

[姜维]

汉末。

叛乱四起，刀光剑影，血流成河，数不清的将士尸首垒成了山。

在那些尸首中，有一位名为姜冏。他是天水郡功曹，为了护卫郡太守，恪尽职守，战死沙场。

大多数将士的死亡都是静悄悄的，只会化作一个数字。

幸运的是，姜冏临终前的最后一句话被侥幸逃生的属下顺利带了回来。

姜氏和年幼的姜维红着眼圈看着面前的小兵。

"家父……最后说什么了？"

小兵哭着道："我儿……活着……"

姜维的眼泪一下子涌了出来。

"然后呢？"姜氏掩住面哽咽。

小兵摇摇头。

"没了吗？"

"不是，我就听清了这四个字。"小兵哭得更大声了。

姜式生存之道一：适时倒戈

小姜维觉得这几个字有点儿耳熟，父亲好像在平日里说过。但究竟是什么意思，自己也不明白。

一来二去，姜维和母亲就只当是父亲是在叮嘱他们娘儿俩，在他不在的日子里好好生活，注意安全。毕竟现在天下不太平，眨眼的工夫，一切都有可能大变。想要活命的话，就得有些灵活的生存之道。

姜冏去世后，姜维沾了点儿光，以父功获赐中郎、天水郡参军。薪水虽然不多，但也够自己和母亲相依度日。

不过，乱世里，安稳的日子注定是不会长久的。

建兴六年（公元 228 年），姜维正与功曹梁绪等几人跟随天水郡太守马遵巡查，蜀汉大军却突然攻了过来——这是诸葛亮的第一次北伐。

面对来势汹汹的蜀军，各地纷纷投降。马遵被吓破了胆，怀疑姜维一行人也有异心，于是扔下他们连夜跟着郭淮跑到了上邽郡。

等姜维他们跟过去后，看到的却是早已紧闭的城门。姜维见状，又跑去了冀县避难，没想到冀县也不给开门。

连吃两个闭门羹，姜维站在原地满面怒容。

自己什么都没干，生生变成了叛徒，这上哪儿说理去？

思忖片刻，"罢了罢了"，姜维渐渐消了怒气。

其余人看向满脸释然的姜维，疑惑道："到处都不收留咱们，姜参军看起来倒是毫无忧虑，可是还有去处？"

"自然。"

"能否指点一二？"众人期待道，毕竟大家都不想死在蜀军的刀下。

姜维朝着南方微微抬了抬下巴。

"您是指……边境有援军？"众人不解。

姜维一摊手："想啥呢？投降啊。"

姜式生存之道二：开诚相见

姜维这边一行人正准备投降，那边蜀军的前锋马谡因不听指挥，大败于张郃。诸葛亮的进攻军没有落脚点，只得带着西县的千余家百姓返还，而姜维他们也跟着大军回到了汉中。

蜀国军营内——

"为何投奔我们？"诸葛亮摇着羽扇问。

"不想死。"姜维很诚实。

诸葛亮笑出了声。

"还有呢？"

"想兴复汉室。"姜维又道。

"此言当真?"诸葛亮看着姜维的眼睛,似乎在分辨什么。

姜维使劲点点头。

诸葛亮沉吟片刻,而后"啪"的一声放下羽扇。

跟姜维同行的人心下一惊——完蛋,要凉。

姜维却是面如平湖。

他知道,诸葛亮绝不会杀他。现在蜀国本就人才稀少,前几天还斩了个马谡。以诸葛亮的智慧,自己的来意昭然若揭,不如直接开诚布公。

只见诸葛亮果然笑吟吟地伸出手:"欢迎你的加入。"

姜式生存之道三:披心相付

虽说目前看来一切顺利,但姜维心里清楚,自己这个降将,日后肯定是要被人戳脊梁骨的。更不用说他到蜀国不久就迫不及待表忠心,看起来实在没什么骨气。

果不其然,倒戈的消息传出去后,骂他的人不在少数。

"姜维策名魏室,而外奔蜀朝,违君徇利,不可谓忠悃;亲苟免,不可谓孝;害加旧邦,不可谓义……"

后来著名的东晋史学家孙盛,便如此评判姜维的不忠、不孝、不义。

但令姜维意想不到的是,大骂他是叛徒的都是别国人,蜀国倒几乎无人责难。所以面对蜀汉集团的包容信任,姜维很是感激。

不过话说回来,他也的确没对诸葛亮虚与委蛇。

他的心确实是在蜀汉这边的,毕竟他可是打小看着郑玄的书长大。

郑玄又是何许人也?东汉末年有名的经学家、儒学家。

儒学倡导的是什么?

正统。

在这三国乱世何为正统？

汉室。

姜维年幼时常常一边看郑玄的著作，一边听父亲有一搭没一搭地讲："以后估计没有太平日子了。世道一旦乱起来，人们就会只知有家，不知有国。"

所以当姜维收到失散已久的母亲的来信，要他回去继续过安稳生活时，他想了半天后提笔书下："良田百顷，不在一亩，但有远志，不在当归也。"

意思就是告诉母亲：我还有远大的志向，不能回魏国。

此言一出，感动了蜀国上上下下。

姜式生存之道四：抱好"大腿"

兴复汉室的志向虽然远大，但也充满危险。暂且不说外敌，内部的三方势力也暗流涌动。自己又是个外来人员……

姜维脑海中闪过父亲的话。

我儿……活着。

他看向帐外的一抹翩然白衣。

姜维深知诸葛亮在军中的地位威望，正好他又十分赏识自己。

天降"大腿"，岂有不抱之理？

于是姜维隔三差五便与诸葛亮讨论军情，平日里也愈发拼命工作，可以说是废寝忘食。

他的努力没有白费，诸葛亮看得真切——这样一个通晓军事、满腹韬略的奇才，不顾世俗舆论投奔自己，一腔热血只为蜀汉，不看重他看重谁？

于是在给蒋琬的信中，他对姜维大夸特夸："姜伯约忠勤时事，思虑精密，考其所有，永南、季常诸人不如也。其人，凉州上士也。"

——姜维这个人，工作勤勉，思虑周全，就算是季邵、马良都比不过他。是凉州头号人才！

"须先教中虎步兵五六千人。姜伯约甚敏于军事，既有胆义，深解兵意。此人心存汉室，而才兼于人，毕教军事，当遣诣宫，觐见主上。"

——他对军事十分精通，忠肝义胆！此等人才，必须给他五六千的兵练练，等这次军事训练结束后，我要带他去见主上。

姜维开心不已——有诸葛亮站在身后，自己八成是死不了了。

可姜维没想到的是，诸葛亮对他的好，远不止这几句美言。

此后，诸葛亮任命他为仓曹掾，而后又让姜维统领了五六千虎步军，封他为中监军征西将军。

一介降臣，竟被封侯封将，这是何等器重？

不仅如此，诸葛亮简直把姜维当成了自己的徒弟，走到哪儿带到哪儿，逢人就夸，还毫不吝啬地把自己所有的军事战略思想倾囊相授。

虽然姜维自知有才能，但兴许是在魏国受猜忌被冷落惯了，当他看见诸葛亮如此待他的时候，他第一次明白了什么叫无以为报。

后来六年间的几次北伐，姜维都随军出征。

在诸葛亮的言传身教下，他的军事才能大大提高，如一柄利刃，在这血染的乱世泛出夺目的光来。

而在北伐劳心劳力的耗损下，诸葛亮却渐渐黯淡了下来。

"您……为何一直……"

五丈原的营帐内，姜维看着诸葛亮在烛火掩映下的白发，不由得问。

谁都知道诸葛亮北伐是为报先帝，完成他"还于旧都"的遗愿。可大家也清楚，这并不是唯一的原因。

"蜀地。"诸葛亮看着地形图，淡淡开口，"天下大乱，胜天堂；天下一统，死牢房。"

"虽然我们有崇山峻岭为屏障，但若天下一统，我们攻不出去。这种地形也不适合大规模作战，两军僵持下，我们的结局只有被活活耗死。况且现在蜀汉集团内三方势力矛盾渐起，只有将矛头对外，才能延缓危机，减少内耗。"

换作旁人，此时定会佩服诸葛亮报恩的背后缜密远瞻的部署，可姜维却紧盯着诸葛亮的眼睛，眉头紧锁。

"恐怕这不是您最主要的原因……"

诸葛亮听后微微挑眉，似乎有些惊讶，而后又想起什么般摇头一笑："差点忘了你是我一手带出来的……"

"然不伐贼，王业亦亡。唯坐而待亡，孰与伐之？"

若不北伐，蜀汉也必败。与其坐以待毙，不如搏一搏吧——

诸葛亮在烛火里颓然坐着，接近叹息地说出这句话。

姜维听后猛地抬起头。

多年跟随诸葛亮北伐，他自然知道赢的概率有多小。只是他一直以为诸葛亮仍是有后手的，毕竟恩师智慧如斯。只是没想到，北伐已是最后的破釜沉舟。

我儿……活着……

姜维记忆中那句模糊的话逐渐清晰起来。与之一同明朗的，还有些别的东西。

姜式生存之道五：以才服人

诸葛亮的逝世让姜维悲痛不已，但他并不震惊。

毕竟姜维是亲眼看着丞相食少事多，积劳成疾，为大汉倔强地燃尽最后一点生命的。

可现在并没有太多时间留给姜维悲伤。此时此刻，司马懿正在前线虎视眈眈。曹魏大军像盘旋在濒死者旁的秃鹫一般，只等猎物最后一口气咽毕，便来将其分食殆尽。

姜维按照诸葛亮临终前的部署，秘不发丧，从容不迫地整顿军马安排撤退。

司马懿见状，立刻率军攻来。可这时本应与姜维一同断后的魏延，却因与杨仪的矛盾激化，先行撤退。

大敌当前，姜维面不改色。他气势十足地击鼓整军，做出出击的模样。

司马懿大惊，以为诸葛亮还活着，不敢继续上前，蜀军因此得以安然撤退。

顺利返回后，姜维被任命为右监军辅汉将军，封平襄侯。

不过姜维十分清楚，诸葛亮的庇护已然不再。今后自己要做的，远远不止于此。

延熙元年（公元238年），姜维随蒋琬驻军汉中。

延熙六年（公元243年），姜维迁升为镇西大将军，领凉州刺史，在西北抗魏的边陲独当一面。

延熙十年（公元247年），姜维出陇右迎背魏降蜀的羌胡族人时，遭遇郭淮、夏侯霸的攻击。

面对深得司马懿真传的郭淮，众人都觉得没什么胜算。姜维却不慌不忙，十分聪明地采取了自己应对的策略。

先前与夷羌部落作战时，蒋琬和费祎头疼不已。因为他们常打游击，在谷道中能将蜀军拖死。姜维倒是不走寻常路，听到对方进攻的消息，令各个营寨都将人马、粮草聚积起来，退守汉城、乐城，使对方无法进入，再设多层关卡严防死守。

因此在这次战役中，姜维再次放弃险道，加强防御。随后以退为进，一边派兵牵制邓艾，一边亲自率军突袭洮城。

虽说最后姜维退兵，但对方首领戴无治等已率部投降。

而这完全符合诸葛亮的和戎遗策——联合西北各族与蜀汉一同抗魏。

也正是在这年初，姜维升迁为卫将军，与费祎共录尚书事。

他终于凭借自己的才能，广服众人。

姜式生存之道六：静待时机

姜维没想到，自己正要带着恩师的遗志大干一场，途中竟杀出个拦路虎。

"伐什么伐？这条路就行不通，不然怎么连诸葛亮都没成功？"费祎连连摇头。

"北伐是对的。"姜维坚持。

"对什么！咱们就应该消停待着，老老实实守基业。"费祎大手一挥，驳回了姜维北伐的要求。

不过姜维怎么说也是个将军，费祎就拨人让他打着玩，但军队人数都不超过一万。

姜维受制于人，只能敛着拳脚蛰伏。但战绩也可圈可点，途中还收了魏将郭循做俘虏。

出乎意料的是，这个投降的魏将郭循，竟在岁首大会上手刃了费祎。

费祎的死来得猝不及防，同样，姜维的自由也是。

延熙十六年（公元253年）夏天，姜维率军出兵石营，围攻南安。可惜因为补给线过长，粮草耗尽不得不退兵。

延熙十七年（公元254年），姜维督领内外军事，再次出兵陇西，狄道长李简举全城投降。姜维进兵围襄武，大败魏将徐质，又乘胜追击，先后攻破河间、临洮等地，迁各县百姓回蜀。

延熙十八年（公元255年），姜维率夏侯霸等出兵狄道。于洮西大败曹魏雍州刺史王经，杀魏军几万人。

蜀汉士气大振，畏曹之心一扫而空，刘禅大喜，升迁姜维为大将军。

一时间，姜维在军中风头无二，成为无出其右的中流砥柱。

姜式生存之道七：急流勇退

可惜，姜维的战绩并没有辉煌太久。很快，他遇到了他的劲敌邓艾。

这个棘手的敌人常能预判出姜维的动向，对其围追堵截。姜维处处受制，难以招架。

多次败仗令他迅速失掉刘禅的信任，军心也动摇起来。

比起军中失利，朝中更令人担忧——国君昏庸无能，宦官弄权干政，还称姜维穷兵黩武。

姜维密奏刘禅杀掉宦官黄皓，刘禅却驳回了诏书。

面对黄皓得意的笑容，姜维知道，自己再待下去怕是活不成了。于是离开成都，去了沓中种麦。

军中有人指责他："您忘了先丞相的嘱托吗？"

"兴复汉室固然重要。"姜维轻声开口，"活着就不重要了吗？"

姜式生存之道八：学会妥协

景耀六年（公元263年），姜维听闻钟会治兵关中，上表刘禅，遣兵防患于未然，黄皓却以鬼神之说拒绝。

魏军大破蜀军。

这边姜维顽强抵抗，数次击退钟会，逼得魏军打算退兵。

那边诸葛瞻兵败邓艾，刘禅开城投降，命令姜维一同投降。

姜维的部下以刀击石，宁死不屈。姜维却是轻叹一声，弃刃投降。

士兵眼里有血："您怎能投敌！"

姜维低头默不作声——也不是第一次做降将了。

投降后，钟会很优待姜维。不仅把印鉴、名号都归还给了他，还与他"出则同车，坐则同席"，更是让他统领五万人。

姜维看起来也十分感激钟会，并对外称为他效忠。

讥讽姜维之声数不胜数，曾经的部下对他破口大骂——你这贪生怕死之徒，忘了你父亲是怎么死的吗？！

是啊，自己父亲是大汉的忠烈之士，战死沙场。

而自己……

可这怪不得他，毕竟是父亲说的。

"我儿……活着。"

数月后，钟会与邓艾两位大将反目，邓艾被传出谋反。

正月十五，钟会奉命将邓艾押往洛阳，司马昭却遣一万步兵进占乐城。

"怕是朝廷已知晓我们陷害邓艾。此时不反，更待何时？"姜维对钟会道。

钟会随即扣押魏军所有将领。

"为您称王大业着想，这些被扣将领不能留。"姜维劝说钟会。

可惜，还未等二人成功杀掉他们，消息便走漏了出去。

钟会和姜维都死在了乱军中。

一切看起来都如此合理。

乱臣贼子不得好死。

没人知道，几天前，一封密信悄然送到了刘禅手上。

"愿陛下忍数日之辱，臣欲使社稷危而复安，日月幽而复明。"

姜式生存之道九：死非难事

密信的短短二十三个字，承载着一个王朝的重量。

寄信之人出乎所有人意料。

竟是姜维。

原来这一切都是他的一场棋局——一场复国的棋局。

刘禅投降后，所有人都放弃了——毕竟连君主都降了。

可姜维没有。

他始终记着诸葛亮的恩情与遗志。

他想到忍辱演戏，假意投敌。教唆钟会谋反，先除邓艾，再除钟会。一旦计成，兴复汉室就还有希望。

哪怕自己声名狼藉被万古唾骂，他不在乎。

他是最后的汉臣。

"我儿……活着。"

周围血染白甲，刀光剑影。姜维临死前，恍惚中看见父亲身死的战场。

姜维喃喃开口，声音与孩提时重叠在一起。

"父亲，书中讲以身殉国，这很难吗？"

"不难。"姜父抱起年幼的姜维，慈爱道，"死其实不难。"

"那什么才难？"姜维问。

姜父想了想，垂头看向他："活着。"

"为了报国，拼命活着。"

历史的巨轮带着烟沙碾过。

四百年泱泱大汉，终于画上了句号——只是并非在刘禅投降那里，也非在曹丕篡汉那里。

反而是在某位"叛徒"身死的一刻——

姜维死，蜀汉亡。

揭秘年度极品八卦

顾闪闪/文

桃园男团现场专访

夏天到了，瓜都熟了，营销号们就像瓜地里的猹，又开始行动了。

在这个职黑遍地的三国时代，各种谣言黑料层出不穷，难以分辨。不仅以尔虞我诈著称的曹魏和水军众多的东吴遭到了扫射，就连风评一向极好的蜀汉"桃园男团"也频频中枪，被挂了几次热搜。

为了辨清这些黑料的真伪，今天我们将"桃园男团"的成员全部请到了现场，相信在这次面对面的采访过后，大家的心中就会有清楚的答案了。

▶ **桃园男团简介**

"桃园男团"是由蜀汉文娱有限公司推出的男子偶像组合，队长刘备和关羽、张飞两位成员感天动地的桃园结义是组合名的来源，也为这个国民组合的传奇故事拉开了序幕。随着"桃园男团"影响力的扩大，组合后续又加入了赵云、黄忠、马超三位新成员，他们的出现，为这个本就卓越的"现象级"男团锦上添花。

近年来，"桃园男团"的几位成员凭借傲人的战绩，收获了无数粉丝的喜爱。今年年初，组合更是斩获了"三国之夜最具影响力男子组合"大奖。

桃园男团现场专访

黑料1： ▶ ONE
#惊！一向拗"忠厚老实"人设的刘备，年轻时居然是学渣校霸#

记者小轩 第一个问题是有关队长刘备的。最近有您的熟人在《三国论坛》爆料，说您这些年为了组合的风评和发展，都在努力营造"国民好人"和"正统皇叔"的形象。但事实上，您上学的时候成绩并不好，经常逃学、泡吧、打群架，还收了一大帮小弟。

那条帖子热度很高，不少网友都陆续跟帖，放出了您过去听曲喝酒、炸街遛狗的照片，此事引起了围观路人们的群嘲，许多人都直呼"刘备人设崩塌"。请问您对这件事，有什么想对大众解释的吗？

刘备 首先我想澄清一下，鄙人从未立过什么"正统皇叔"人设。我生来便是大汉宗室，这是血统问题，不是我能决定的，谁让我爹姓刘呢？但因为早年"酎金夺爵"之事，这个刘姓宗室的含金量到了我这代，几乎没剩啥了。不瞒你说，我爹死得早，我上学时候的学费都是同宗一个叫刘元起的长辈资助的，课余时间甚至还要和我娘一起卖草鞋贴补家用。

再说说"国民好人"。虽然眼下大家都说不要往自己身上贴标签，但这个"人设"我是心甘情愿认领的。因为我刘备的毕生理想，就是要做个好人。我的粉丝朋友们都知道，"勿以恶小而为之，勿以善小而不为"是我的座右铭。或许有人认为我这么说有点儿装，但只有我自己知道，在这个枭雄遍地的乱世，想要坚守本心、践行仁义是多么困难的一件事。

最后，我上学的时候成绩确实不好，最爱上的课是手工课和劳动课，但我从来不认为成绩和人品是可以画等号的。这些年来，我也在努力和我的良佐孔明先生学习求教，希望可以早日补上这个短板。

153

张飞 说得一点儿没错！我大哥要不是好人，这世上就没几个好人了。还记得当年大哥做平原相时候，一个叫刘平的当地豪强不服管，还找刺客来刺杀我大哥。我大哥不知道呀，盛情款待了那个刺客，让刺客感受到了家一样的温暖，眼睛一湿就什么都交代了。你感受一下，这得是多么闪闪发光的人品？

他不光对兄弟好，对刺客好，对治下的老百姓也好。东汉末年生存难度有多大，大家想必已经了解了，各地的官僚豪强都生怕饭不够吃，钱不够用，都在没完没了地囤积钱粮。但我大哥却肯拿出钱来，救济灾民，礼贤下士，对待什么身份的人都一视同仁，和他们同席而坐，同篁而食。

这些实打实的行动，你们总不会说成是人设吧？嘿嘿，我大哥风评好、人气高那都是有原因的！

黑料2： ▶ TWO
#关羽武力值被夸大，数据造假，"武圣"之名恐不保#

记者小轩 说到路人缘，关二爷的人气不逊于刘备队长。但人"红"是非多，最近有人一时好奇去扒了三国顶流关羽的战绩，结果却大跌眼镜。不仅"过五关、斩六将"是虚构的不说，"斩颜良、诛文丑"这件事也很有水分，扒到最后，斩华雄的甚至也不是二爷，而是小霸王孙策的父亲孙坚。对此，关二爷有什么想说的吗？

关羽 有什么想说的？我想说，你今天要是不提，我都不知道自己还有这么多额外战绩。

我自认就是一个普通的武将，早年犯了事，逃到了幽州涿郡，在那里邂逅了我那两个比亲兄弟还亲的真兄弟。我们仨一见如故，感情特别好，出则同舆，寝则同床。

虽然我的战绩没有世间传说的那样夸张，但也不逊色。作为蜀汉头号名将，这些年来，我跟随大哥南征北战，救过他遗失的家小，也曾在樊城水淹七军，这些事情都是不掺半点水分的。至于"斩颜良、诛文丑"，虽然没有后半截，但颜良确是我所杀。

想当年，我与兄长失散，暂投曹操，刺颜良于万众之中，斩首而归。袁绍众将都看呆了，一个敢上前的都没有，曹操也瞬间成了我的"死忠粉"，表奏我为"汉寿亭侯"，多年来对我穷追猛打，依依不舍。不过忠义如我，早就决定了要和大哥、三弟同生共死，自然是一个眼神都不分给他。

我自己也很好奇，别人家造谣都是泼脏水，怎么到了我这里，就连谣言都变得这么正面了？在此我还是呼吁一句，大家追星可以，但什么事都讲究一个度，"造神"还是不提倡的……什么？我说晚了？村口的神像已经塑起来了？

赵云 我有话说！有些事情听起来真得不得了，却是谣言；可有些事听起来离谱，居然真实发生过——就譬如关将军的"刮骨疗毒"。

在蜀汉文娱公司流传着这样一个传说。据说关将军在某次作战时身中流矢，箭矢贯穿了他的左臂，之后创口虽然愈合，但每到阴雨天气，还是会疼痛难忍。请大夫一检查才知道，原来箭上有毒，且毒已入骨，只能劈开皮肉，刮骨去毒。关将军当即就把手臂伸过去，说了句："刮吧！"随即什么准备措施都没做，就当着众将的面开始外科手术，鲜血流得到处都是，他却仍在饮酒吃肉，谈笑自若。眼看着杯盘里都淌满了关将军的血，众将中十个人厥过去九个，还有一个伸着手，颤抖着提醒关将军："军中还有麻沸散，其实没必要硬撑的……"

可能是但凡用一点儿麻沸散，都不符合关将军的气质吧。

黑料3： ▶ THREE

#马超"坑爹"发言惹争议，蜀汉文娱为何力捧这种人#

记者小轩 马超将军是诸位将领中的后起之秀，刚一出道，就收获了一大批忠实粉丝，战斗力更是长居"三国英雄榜"前三，堪称前途无量。但近日，马超将军的过往言论却在社会上引起了轩然大波。

据韩遂昔日部下阎行爆料，当年，马超不仅弃父亲马腾的安危于不顾，执意兴兵反曹。为了拉拢同在凉州的韩遂，他竟还公然放话说："今超弃父，以将军为父，将军亦当弃子，以超为子。"后来果然连累得马家百口都被曹操杀死。如此冷血不孝之人，却被拜为大将，实在是让人不齿。请问马将军，阎行爆料之事是否属实？

另外，我们也想采访下队长刘备，您向来标榜仁义，却选择与这样有争议的将领成为组合，这对"桃园男团"的日后发展是不是也会有影响呢？您是如何考虑的？

马超 只能说当日之举实属无奈，如果有可能，谁不想一家团圆和睦？要怪只能怪曹操以我家人为质，却派大军直逼凉州。名义上是想借道进攻汉中，但大家都是懂兵法的内行人，谁瞧不出来这不过是曹贼的"假道伐虢"之计？他的实际目的就是想偷我老家。

凭我的战斗力，当然不甘心坐以待毙。但只有我一股势力反曹，到底势单力薄，所以我只好向韩遂寻求合作。可他这个人优柔寡断，迟迟下不了决心。再这样下去，我们都会被曹贼一举吞掉。因此我才劝说他要和我一样，得有壮士断腕的气魄。

说到底，全家被杀，我才是受害者，可现在的舆论却放着加害者曹贼不管，转头来攻击我，这算什么道理？听到家人被杀的消息后，我才是最悲痛的好吗？还记得那年正月初一，我那二愣子小舅子董种提着酒，喜气洋洋地上门，说看我大过年的一个人在家寂寞，来陪我一起庆贺新春。我当时就被气得口吐鲜血，捶胸顿足地指着他大骂："我为啥一个人过年你心里没点数吗？阖家百口人被杀，咱俩在这恭贺新禧，你觉得合适吗？"一说到这个话题，我的暴脾气又压不住了，这访不采了，我再去砍曹贼两剑！

刘备 为什么选马超？你见过哪个比他砍曹操砍得更狠的人吗？想当年，曹操在潼关被他杀得鞋都丢了一只。要不是虎痴许褚用马鞍做盾牌，拼命掩护，曹操恐怕连尸体都找不着。还有一回在蒲阪，马超洞察形势，劝说韩遂在渭河北岸驻守，耗死曹操。曹操被吓得连连感叹："马儿不死，吾无葬地也！"这样有勇有谋又一心抗曹的将领，提着灯笼都难找，我又怎么舍得不重用他？

黑料4： ▶ FOUR
#神颜将军恋上同僚寡嫂，上升期偶像绯闻缠身，恐步曹丞相后尘#

记者小轩 早就听说赵云赵子龙将军身高八尺，姿颜雄伟，是无数少女的偶像。今天小轩有幸见到本人，果然比小卡上的还要帅上一万倍！仰慕的泪水瞬间从嘴角流了下来……咳咳，不过作为一名有专业素养的记者，该扒的黑料还是要扒的，这条可不得了：赵将军，有知情人士指控，说你与前任桂阳太守赵范的嫂子有些说不得的情感纠葛，不知道是真是假？还请你给广大粉丝们一个解释。

赵云 罢了，每年都有记者带着桃色新闻找到我，在下早就习惯了。

赵范他嫂子的事情，完全就是一场误会。当日我随主公平江南，奉命前去接任桂阳太守。赵范热情地接待了我，还和我套近乎，说咱们俩都姓赵，说

157

不定五百年前是一家。我听得十分欢喜，毕竟身在蜀汉，谁不羡慕刘关张桃园三结义的羁绊？就和他多喝了两杯。

　　酒酣之际，他却忽然将他的寡嫂樊氏引荐给我，说他哥哥去世得早，嫂嫂国色天香，却只能独守空闺……我越听越不对劲，拳头都硬了，隐隐还有种想去打虎的冲动……总之吧，娶嫂子这种事根本不符合我赵云的做人准则，我一摆手就拒绝了，对赵范道："兄弟，你刚说完咱们是同姓同宗，那你哥哥就是我哥哥。既然如此，我怎么能娶自己的嫂子？不可不可。"这天之后，就不断有人来劝说我，说赵将军你也老大不小了，该成婚了，你别看樊氏岁数比你大了点儿，但年纪大会疼人……听得我太阳穴直跳，且不说赵范是不是真心归降，就单说天下好女孩这么多，在下像是会为找不到女朋友而发愁的吗？

张飞　　就是就是，现在的狗仔越来越离谱！前段时间甚至有八卦小报刊登了一张孙夫人、子龙和我的抓拍照，配文"刘备新妇陷入四角恋情，兄弟三人都爱上她"。你们自己听听，这像话吗？当日明明是孙权想趁大哥不在，派船悄悄将孙夫人接回东吴，偏偏孙夫人怀里还抱着我那阿斗大侄子。我和子龙接到消息后，马上带兵前去拦截，这才接回了小阿斗。怎么到了他们嘴里就这么禁忌了？往后再有敢胡编乱造的，俺老张一拳一个！

桃園大瓜

完

魏武挥鞭

第三卷

曹·魏

曹丕　曹植　司马懿　荀彧

点击

曹植

拂罗/文
魂梦与君同

曹植

待完成任务

史官任务：检测到其他史官……扳指遗落……请前往回收

人物：曹植

年代：公元222年

背景：公元222年，三十一岁的曹植被封鄄城王，路过洛水心有感怀，写《洛神赋》。

档案：曹植，字子建，后世称陈思王，曹丕胞弟。自幼聪慧，出口成章，曾深得曹操欣赏，欲立为世子，但因曹植性情率真风流、嗜酒成瘾而举棋不定，致使兄弟相争。公元218年，曹植醉酒夜闯皇宫司马门，惹怒曹操，彻底失宠。

曹操病逝后，曹丕篡汉称帝。二十八岁的曹植开始了不断徙封的落寞生活：诸友被杀、屡被治罪、改封迁居多次……在四十岁郁郁而终。

曹植骨气奇高，词采华茂，汉魏以来二千年诗家堪称仙才者，唯曹植、李白、苏轼三人耳。

正在溯入时空——

月色清亮，河川如银。

传说，那位落寞的鄄城王乘车路过洛水之畔时，曾在此邂逅过一位女仙。

那道朝霞般的姿影，仿佛自月亮中飘来，足尖徐徐轻踏水面，"髣髴兮若轻云之蔽月，飘飖兮若流风之回雪"。

蒹葭萋萋，她如惊鸿般出现，降临在他最失意落魄的此夜。

溯游从之，他迈下马车，在朦胧清夜里一步步蹚进水中央，痴痴将她疾笔摹入文稿。

"愿诚素之先达兮，解玉佩以要之。"流水潺潺，他朝她款款伸手，衣袂当风，笑似霁月："仙官，可否渡我？"

1

建安十九年（公元214年）八月，邺城西，铜雀园。

你顶着酷暑天跑得气喘吁吁："公子，你在哪儿——"

这月寻他第七回了，当幕僚真难！

转眼间，你来邺城皇宫已两个月。

正如史书记载，曹植是个不折不扣的酒鬼美人，清醒时风度翩翩，醉后却放浪形骸。

难得休假，却听到下人慌张禀告："不好啦！公子寻您不见，非要吵着去水边打发时间……"

因为某些原因，你和曹植眼下属于一条绳上的蚂蚱。放眼邺城，他最亲近的只有你一人。

芙蓉池内。

花叶连着碧空，灵秀的公子身穿一袭莲青衣衫，侧脸专注，醉态比芙蓉花更悦目。他安静地捧着什么东西，一步步蹚进池中，激滟水波，正渐渐没过他的腰身长发。

这是……悲情投水？！

你奋力朝他蹚去，却被河泥绊得踉跄。

视线里多出一只书卷气十足的手，曹植及时牵住你。

"小仙官，我就知道你会来，"他眨眨眼，醉音飘忽，如风流雅乐，"你也是来送它回家的吗？"

男子的指尖还沾染着一丝清浅酒香，如他唇边的醉笑般若有似无，虽然醉醺醺地站在水中，却毫无狼狈之态，恰是年少焕然，青衫风流。

它？

你这才发现他另一只手掌掌心捧着一条小鲤鱼。

"它不小心跳到岸上，"他偏了偏头，如同梦呓，"我猜，它的家一定在

曹植

水中央……"

这是要送小鱼找妈妈？

曹植牵着你，朝更深的水中央走去："在宫里等不到你，他们说你今天休假，我只好一个人出来玩……"

区区半天就搞出这么惊险的事。

"很好，曹子建，你以后都别想逃离我的视线。"你咬牙切齿，放低声音，"还有，我真的不是神仙，咱们正常叫对方的名字，好不好？"

"名字？不过是世间称谓……同名者多少？同姓者多少？"荷风将男子的浅笑声徐徐送入耳中，他悠悠放声，"唤你小仙官的，世上倒是独我一人。"

这人醉到胡言乱语，却偏有青衣仙人之态。

属官们正拼命划轻舟而来，疯狂示意你拖住酒醉的公子。

"把鲤鱼放回水里就好，"你哄他，"你看，这池塘之大，处处都是它家，何必非要去水中央呢？"

曹植闻言，步伐微顿。

他慢慢醉笑："池塘虽大，它却也会在此间迷路，找不到属于自己的一隅归处啊。"

你愣了下。

夏风正举，吹拂男子湿透的青衣，他仰头醉笑，你却分明窥得一抹落寞。

眼下你与曹植同时回到了公元 214 年的邺城，被困在这里。

虽然他看起来仅仅二十二岁，但内心却已是那个历遍落寞的鄄城王。

这鱼儿，何尝不是他自己一生的写照？

A 带他放生　　跳转 3

B 目送他放生　　跳转 4

2

传说，当那位落寞的鄄城王乘车路过洛水，曾在此邂逅过洛神。

惊鸿一瞥，擦肩而过，从此他们的生命中再未有过任何交集。

忽不悟其所舍，怅神宵而蔽光。

黄雀离枝，越飞越远。

你驻足停顿，转过身："殿下能否告诉我，陪我迈出幻境的那一刻，你会想些什么？"

月光下，曹植静静合眸，半晌睁眼。

他的眼神如此悲伤，笑容却如此温柔，他说——

"小仙官，请你渡我。"

END 不可追

3

沉默半晌，你牵他朝前走去。

"小仙官？"他的语气中充满了意外。

"池塘很大，但我相信每个人都能找到归宿，"你叹口气，从他手中接过小鲤鱼，小心地将它放入水中，"至少现在，我们可以帮它回家。"

鲤鱼欢快地甩尾，不见了。

回过头，才发现曹植目不转睛地望着你。

你被盯得脸红："你……你酒醒了？"

"如果此景是梦，我希望……"他却笑着摇头，眼神泛起一圈圈温柔涟漪，"我们永远都不要醒。"

每次喝醉都说些怪话。

曹植

属官将你们俩接上小舟，你却发现手腕上的镯子不见了。

跳转 5

4

半晌，你松开曹植的手："说得对，你去吧。"

"池水深，说不定有暗流，我们之间至少有一人要站在局外，才能看清全局。"你站在原地，意味深长，"若出了事，我会救你。"

塘风拂过，曹植静静望着你。

"鱼儿啊鱼儿，不知你在人间可有知己？"他醉酒的眼眸如波光潋滟，"我身边正有一位……"

你听得脸红，挪开视线。

对鲤鱼说什么醉话炫耀呢。

属官将你们俩接上小舟，你却发现手腕上的镯子不见了。

跳转 5

5

糟了，一定是掉水里去了！

你跳入池里。

曹植微怔，几乎是下意识伸手去抓你的衣角——

抓了个空。

片刻后，属官惊恐地叫嚷道："公子投水殉情了！"

水下睁眼，你寻不见镯子，散落的记忆却逐渐涌现。

月光下，洛水中，男子朝你伸手……初次穿越那夜，你被曹植误认作洛神。

发光的扳指，被抛入水的文稿，一瞬间的头晕……

当时究竟发生了什么，使得你们双双穿越？

你慢慢下沉，腰身忽然被人揽紧。满池粉白花瓣漂浮，水中公子衣袂翩翩，眉眼俊逸动人，如同花雨中飘来一抹仙影。

他携你向上游。

哗啦——

你扶着船帮咳嗽，曹植拍着你的后背，嗓音如低吟浅唱，又如涟漪扩散。

"不要想，慢慢呼吸……"

你偏头，竟看到镯子正被他握在手上。

"正巧发现它，顺手捞了起来。"曹植轻轻将它戴回你腕上，"因为它，你我得以共看这一场镜花水月，何尝不是快意之事呢？"

"如果这些都是幻觉，公子还甘愿沉沦吗？"你抬头与他对视，"我们当时在洛水边，你……真不记得发生过什么？"

对方唇边笑意消失片刻——就如错觉一般。

属官不敢吱声，拼命划船。

曹植再度笑起来，思忖着："如此说来，我倒是在某人手上见过同样玉料的扳指。"

你内心一跳："谁？！"

他却已恢复醉态，枕着手臂躺回船头："在我手上也说不定，你尽管来搜我的身。"

你无奈："胡言乱语。"

"若世间尽是清醒人，岂不无趣许多？"他打个哈欠，"不如听我作诗，观者终朝，情犹未足……"

罢了，等他清醒再问吧。

"我今日放假，失陪。"你起身上岸。

"去哪儿？"身后传来他轻飘飘的醉问。

167

曹植

"吃花生酥去。"你随口敷衍，有点儿生气——本该齐心寻脱困之法，他却每天醉酒，纵情欢乐。

"于是狡童媛女，相与同游，擢素手于罗袖，接红葩于中流……"

听着他的悠游轻吟，你大步离开芙蓉池畔。

她越走越快，愤愤离开了他的铜雀园，如同一次又一次倔强扑出罗网的小雀。

轻舟长醉的公子，眼神悠悠醒转。

回到住处　　　　跳转10

6

你转了两圈，回屋时已入夜。

推开屋门，嗅到一丝淡香，有似醉非醉的迷蒙之感。

曹植来过？

桌上多了个红木盒，里面放着几块糖酥，造型虽笨拙，却看得出用心。

你惊讶不已，拿起一块，发现底下压着纸条，字迹端正：

今日连累你坠水，亲手做了些糖酥送来，当作赔礼。

你拿起第二块，发现下面还有字条：

吃完第一块，可还生气？

你好气又好笑："不生气，行了吧？"

消气的话，明日要不要赴我的宴？

你嘟囔着："怎么猜到我消气的……"

还生着气，可不会吃我做的糖酥。

第二日，你走进宴场。

觥筹交错，曹植兴致盎然，亲自为众人表演跳丸，九枚丸铃在他修长的手中不断抛接。

"好！"周围喝彩声不绝。

杨修、邯郸淳、丁仪……在座诸位才俊竟不及曹植一人的风度，恰是年少春衫薄，玉树临风，神采飞扬。

果然是风度翩翩——你感慨着落座。

邯郸淳凑过来说："昨日新编笑林故事，我给你讲讲……"

"你们还笑，公子整日玩乐，功课都不做了！"丁仪叹气，"殿下回来可怎么办？"

你眨眨眼。倘若以功课为由催曹植戒酒……

"丁曹掾你信不信？我今日就能劝公子乖乖做功课。"你笑着起身，朝曹植走去。

跳丸被抛起又落下，再轻飘飘一收，悉数被他拢入袖中，朗朗如日月入怀。

"小仙官，"曹植笑，"要不要陪我表演？"

"好啊，"你欣然应允，"那你要答应我一个条件。"

席间有人起哄："睁眼跳丸有何难？有能耐蒙上眼！"

你沉默不语。

曹植将丸铃放入你手中。

电光石火间，你听见他压低嗓音，轻描淡写一声笑："倘若嫌他们太吵，我不妨下令让他们出去，如何？"

倘若面前是真正的友人们，曹植会说这种话吗？

他不在乎，因为他知道这一切都是假的。

杨修、邯郸淳、丁仪……席间诸友，不过是当年亡人们转瞬即逝的泡影罢了。

不论如何，你决定先专注于丸铃。

A 自己蒙眼 　跳转 8

B 要他帮忙蒙眼 　跳转 11

7

邺城迎来初秋。

随着幻境愈发不稳定，宫人们竟开始仇视你，议论纷纷："自她出现后，这宫内一切都不对劲……"

几日前，曹家兄弟在芙蓉池宴饮——

曹丕饮酒醉笑："如此快意遨游，说不准能保我活上百年啊，子建，你说呢？"

现实中性情凉薄的魏帝，幻境里保持着旧日兄长的模样。

曹植望着亲人幻影，垂目笑笑，写下旧诗。

千秋长若斯……宴会忽而模糊，仿佛被水晕染的宣纸。

你低声提醒："子建。"

随着他稳定心神，铜雀园再次变得真实。在众人的欢笑声中，曹植拿起诗稿，欲言又止。

他一声轻叹，将它放下。

热闹无比的铜雀园，旋即只剩下你们二人。

下雨了。

"小仙官……"曹植低低一声笑，"你看，我向来醉得不彻底，醒得也不彻底。梦醒之后，又有谁会在乎我呢？"

你脑海里匆匆闪过洛水初遇那一瞥——

他双手托着薄薄的文稿，笑意悲凉，眼神凄凄。

"我在乎，"你握紧他的手，坚定出声，"曹子建，我正是为你而来。"

轰隆隆——

暴雨倾盆，浇败满池残花，曹植唇边扬起一抹自嘲。

难道说错话了？

他指尖撩起你的一缕长发，瞳色漆黑，嗓音低柔："为了曹子建而来……那么小仙官，你有多了解我呢？"

你错愕抬头，他好像生气了。

为什么？

"身为史官，我从来不会轻易放弃任何历史人物。"你咬咬牙，冒雨扬声。

"我读过你的一生，知道你最初只想建功立业，让天下太平。我知道你父亲曾赐予过你野心与希望，却又生生把它夺走。我明白你那天酗酒夜闯司马门，不过是对天家命运的指控和抗议！"

曹植注视着你。

"我……"你还要说话，忽然被他抱起。

"冒雨喊这么大声，就不怕生病？"他唇边恢复缥缈的笑意，悠悠放声，"兄长，以后我们就不来这铜雀园了，保重。"

雨中，曹丕目送你们离去，目光欣慰，挥手告别。

跳转 13

8

你随手一扯发带，束起的长发如瀑倾落——

席间响起一片惊呼声，你利落地用它蒙眼。

视线漆黑前，你看见曹植凝望过来。他眼中四座皆化作泡影，独你一人清晰。

"小仙官，你真是我见过的……最生动的人。"

"胡言乱语，"你脸上发热，"我要开始了。"

跳转 9

9

"掉了掉了！"

声如浪涌，丸铃掉落，你连忙向前扑。

曹植

哗然中，你撞上一人胸膛，乱抓的手扯落宴场帘幕："啊！"

这人身上好香……

美酒与熏香交织而成的奇异衣香。

"曹……曹子建？"你脸上发烫，想扯下眼罩，却被对方从容抓住手腕。

轮廓修长，指腹柔软。

"这么确定我是曹子建？"他的气息轻轻呼来，吹得你耳朵发痒，"猜一猜，我是谁？"

难道是别人？！

视线恢复，宾客们不见了。

身下的醉酒美人，正撩起自己头上的朱红绸布，朝你抬眸一笑，光彩照人。

你"扑哧"笑出声："不是你还能是谁？"

曹植不答反笑，慢条斯理地朝你靠近："所以……你想让我乖乖答应的条件是什么呢？"

可恶，又是这种语气。

你故作淡定，饶有兴味地凑近他耳边呼气："譬如……乖乖做功课？"

第一秒，曹植略感意外，眨了眨眼。

第二秒，曹植被你盯得耳根泛红，挪开视线。

"好好好，"他笑意里添了些慌乱，"我乖乖做功课。"

直至黄昏，男子垂眸批阅文件的神情依然专注认真。

他平日任性，如今这般正经，居然让你有些不习惯。

你开始打瞌睡，身边人轻解外袍，细心地披在你肩上。

曹植悄悄掌灯，注视她的睡容，薄唇微扬。

他从袖下拿出那枚真正的白玉镯，细细端详——

是昨日在芙蓉池与她十指相握间，他不动声色取来的。

起初，见她如只执着的小雀在这囚笼不断挣扎时，他仅仅想做个淡漠的旁观者。

他救下她，只想猜她究竟何时会绝望。

可她没有绝望，从来没有。

究竟从何时起，观察她竟成了他唯一的乐趣呢？本想将小雀攥入手掌，可她是那样渴望自由，那样鲜活耀眼，让他不自觉想要放手。

他悄悄将玉镯换到她腕上。

她是历史之外的史官，与他邂逅不过是一场误会。

真是让人不快的真相。

男子以白皙的指尖慢慢把玩着假镯子，面无表情。微微用力，镯子瞬时"咔嚓"裂开，被他漫不经心地朝窗外一抛，不见了。

月满中庭，你揉眼醒来。

"小仙官睡得可好？"烛火幽幽，晕染着他眼底的笑意。

他全都做完了？！

你目瞪口呆："我不是在做梦吧？"

"此夜此景，当作是一场梦也未尝不可。"他惬意躺下，"既然相逢在梦中，许我再喝几杯。"

你抢过酒杯："我要对你说一件正事……"

话没说完，你的手腕被他指尖轻握，杯子慢悠悠地往下倾斜，缥玉美酒即刻淌下，在月光中连成一线。

曹植躺在你膝边，仰头张嘴接酒。

清透的酒立刻打湿了他的长发，顺着他的下颌线肆意流淌，打湿薄衣，勾出线条。

你慌乱挪开视线："宫里有只小雀，每天都困在罗网，这地方太诡异了……"

曹植悠悠吟诗："拔剑捎罗网，黄雀得飞飞。飞飞摩苍天，来下谢少年。"

烛光斜照，他用手影比作小雀，左挣右扎，你看得惊心。

"小仙官，你可观察过这灯火投下的阴影？它们也被称作魍魉，待长夜尽

了，灯熄了，魍魉便不复存在，又谈何自由呢？"

曹植笑着控制小雀挣出囚笼。

你眼睁睁见它奋力一扑，终于飞出烛光的范围——

消失了。

"你愿意清醒着痛苦，还是懵懂着欢乐呢？"

面对他的笑问，你竟说不出话。

跳转 7

10

一路上，你回忆着种种怪事。

这次任务，你倒霉地弄错坐标点，朝洛水坠去。

恰逢曹植路过。

那夜月光清幽，落寞才子将你当作洛神显灵……什么惊天误会？！

四目对视间，他痴痴仰头。这位注定郁郁而终的仙才，分明笑意悲凉，眼神凄凄。

这也是你唯一一次看到曹植清醒时的样子。

随后，你们眼前天旋地转，竟双双穿越到公元214年的邺城皇宫，你差点被当作小贼处斩，你辩解道："我真的不是小偷啊！"

"慢着。"前方传来飘然醉笑，"让我瞧瞧，什么小贼？"

你不可置信地抬头。

曹植的容貌远比洛水初见时风流俊雅，他此时重回二十二岁，被宫人们尊称为"公子"。

"莫非你是……"他信步走近，"从天而降的小仙官？"

你同问道："……莫非你是洛水边仰望月夜的鄄城王？"

曹植微微一怔，拊掌笑出声。

"原来如此，此后她就是我最亲信的幕僚，违抗她便是违抗我，记住了吗？"

宫里传闻，天降女仙，子建公子对人家一见钟情。

你听后无语。

算了，更重要的是，你发现自己竟无法切出这段历史。

难道与丢失的扳指有关系？

翻过资料，这一年曹操带兵南征孙权，留曹植曹丕在邺城。父亲在世，兄弟和睦，而司马门事件在四年后才发生。

这里很可能是顺应心愿诞生的幻境。

走在皇宫过道上，慌乱的啾啾声使你回神，只见一只小雀被罗网困住。

你挑破网兜，目送它扑棱着翅膀渐渐飞远。

每天都能看见这只小雀受困，十分诡异。

虽然无济于事，但你依然救它。

万一它出得去呢——趁幻境破灭前。

两个月来，你发现这里愈发不稳定，如果再不离开，你和曹植恐怕也会永远消失。

继续在宫里探索　跳转6

曹植笑吟吟地站在你面前，随意扯下自己的发带。

他的长发倾洒及腰，柔和容色添了几分楚楚动人，笑如朗月，皎洁出众。

周围惊呼。

他轻笑俯身，专心将发带蒙在你的眼前。

"明知我这里满座宾朋都是幻影，也要对他们认真相待吗？小仙官真是温柔……"

跳转9

曹植

12

"驾——"

长夜漫漫，驰道空旷，恣意任性的公子拽你上马，不顾宫人们的惊恐阻拦，狠狠一踢马肚，朝司马门疾驰而去。

"公子，此乃天家御道啊！"

"御道？"曹植哈哈大笑，笑中含泪，"父亲、王兄……所有可悲的壁垒，都不过是为了一声天家而已！恕子建不奉陪了！"

幻境崩溃，宫人化作无法违逆的威严身影——是父亲。

"植儿，大胆！"曹操厉声如雷，"你去哪里？！"

曹植扬鞭，一骑绝尘："儿臣要携心上人私奔——"

你们衣袍猎猎，如同两团明亮的火焰，照亮长长的过道，两旁黑影却越来越多。

"小心！"你勒缰不及。

周围黑影，竟与曹植面容相似。

你被曹植紧拥在怀，重重坠马。

你第一次见他提剑杀人。

长夜杀机浓重，他与无数个自己周旋厮杀，一袭莲青衣袍翻飞，剑锋寒芒烁烁。仙才飘逸的身姿，建安时代的剑法，悲凉而激昂。

这一剑，刺死妄想建永世之业、流金石之功的曹子建！

这一剑，斩灭跟随父亲南极赤岸、东临沧海、西望玉门、北出玄塞的曹子建！

你与他并肩作战。

记忆飘飞去洛水之畔——

视线交汇那一霎，鄄城王手中文稿刚刚落成，他用扳指构造幻境，却决然将诗稿扬入水中。

哗啦啦……

你们所置身的幻境，是那篇《洛神赋》中寄托的幻想。

幻境两月，人间两秒。

文稿将被浸没，南柯一梦，注定消失。

跑，哪怕此夜太长，看不见天明。

跑，哪怕宫闱重重，望不穿尽头。

司马门亮起蓝莹莹的水波，出口之外，月色清亮，河川如银。

曹植的咳血声愈发剧烈。

你搀着他："出去之后我们就一起回鄄城，好不好？你看，前面就是现实……"

你抬手指向司马门，动作一顿，指尖微僵——

现实中站着另一位落寞的鄄城王，他衣带当风，仿佛还在追忆方才遇到洛神的情景。

幻境内，幻境外，为什么会有两个曹植？

一个最糟糕的猜测浮现，你内心震动："难道……"

"真正的曹子建，他从来没有来过幻境，"身边的曹植低低开口，"我无法从这里出去，你先走吧。"

"我是曹子建，可我又不是你想见的那个曹子建。小仙官，你会不会很失落？"

他对你笑，笑意如同残缺的月。

原来，坠入幻境中的人，自始至终只有你一个人而已。

魂梦与君同，相逢是梦中。

跳转 15

13

那天之后，曹植竟把自己关在殿内，只说身体不适。

你敲敲门，试探着问："我可以进去吗？"

门后男子的脚步声迟缓，你愈发不安。

"咳……不必担心我，回去吧。"顺门缝看，入目一袭莲青衣色，曹植倚在门边咳嗽，低笑出声。

这究竟是怎么回事？

头上响起欢快的"啾啾"声，是小雀，它今天竟然没有受困。

小雀盘旋，越飞越远。

"等等！"你匆忙追去，"你要去哪儿？是要从这里出去吗？！"

殿内。

"罗家得雀喜，少年见雀悲……"他倚着门慢慢坐下，喃喃自语，"出去寻你想见的那个人吧……趁我的力量还撑得住幻境。"

与史册里那位相比，他实在算不得好人。

宫内，小雀朝着司马门飞去。

你迎面撞上宫人，对方袖下寒芒一闪，没入你腹中："你是这里不该存在的人！"

殿内。

微弱的烛火渐渐暗淡，将他的身影也照得淡去。

他疲惫地慢慢闭眼，想要独自迎接终局，远处却传来属官惊恐的喊声："杀人啦！"

你捂着伤口踉跄，拔出匕首，反手将它狠狠捅入对方的心脏。

视线里，熟悉的身影匆匆赶来。

你昏迷至深夜。

镯子慢慢愈合你的伤口，曹植耐心为你拭汗，守了彻夜。

隐约听见被男子压抑的咳嗽声，他是从何时起变得如此虚弱的呢？

你缓缓睁眼："子建……"

"别动，"曹植将你护在怀里，"让我听听你的心跳。"

床幔中，你与他的心跳声渐渐交织。

怦……

"我平生不信鬼神，生之必死，成之必败，天地所不能变，圣贤所不能免。"他语气低促，"你昏迷时，我却宁愿相信这世间有起死回生。"

怦……怦……

"我此生不断重演着得而复失的悲剧，所有人都赐予我希望，却又眼睁睁让我看着它破灭……"曹植低垂眼帘，"小仙官，你会吗？"

"不会，我说过要带你出去，"你坚定摇头，"我们一起夜闯司马门，好不好？"

曹植握起你的手，微笑偏头，脸侧轻轻蹭上你的掌心。

"好，一起出去。"

跳转 12

14

"殿下，可否为我再写一稿诗篇？"

你利用玉镯再次编织谎言，执意陪他走完史册里完整的一生。

这次，他还会记得你，但永远不会察觉自己置身幻境。

你打算自己来承担这份清醒的痛苦。

"就写《白马篇》吧。"

"白马饰金羁，连翩西北驰。借问谁家子？幽并游侠儿……"

坠入幻境时正逢庆功宴，众人簇拥着意气风发的曹家公子。

你破涕为笑，越过人海朝他奔去。

曹植

不顾四周哗然，你跌入他的胸膛，嗅见他衣袍间似醉非醉的酒香。

"我是捐躯赴国难，视死忽如归之人……"

皎月般缥缈的吟诗声在耳旁响起，你亦笑着抬头，看清公子那春水横波的深情眸光。

"在这乱世随我走，你可想好了？"

END　相逢是梦中

15

他不是她要找的历史人物。

长夜尽了，灯熄了，那些魍魉便不复存在。

喝个酩酊大醉，他便能暂时遗忘真相——

只不过是被诗人写入《洛神赋》中的一段寄情而已，是仙才心底最晦暗的一缕意识，不巧诞生了七情六欲。

她整日缠着他，说要一起离开。

幻影而已，如何能离开呢？

可笑的是，他不敢对她坦白。

他很怕，甚至一度取走她的镯子，想用它维持幻境，困住她。

可她值得拥有更恣意真实的人生。

她信誓旦旦，说一定会带他出去。

说不定……真的能出去？

眼看她受伤，他终于坚定想法，想随她出去，想长久陪在她身边。

便赌一场吧。

可他终究输了个彻底。

察觉到自己逐渐幻灭，熟悉的感伤从心中升起。这幻境曾赐予他圆满，又眼睁睁剥夺了他的希望，正如那些他从不曾拥有的人生经历。

那么，至少竭力再送她一程吧。

长夜将尽，你被他抱起。

"不……"泪水汹涌，你抓紧他的衣襟，"我……"

"嘘——"他笑意温柔，"我们的梦该醒了。"

他抱着你，昂首迈出司马门，身形碎入清冽的月光——

来不及说再见，这竟成了你看他的最后一眼。

朦胧清夜下，你见到了洛水边的那位曹植。

"古人使用道具会遭到反噬，殿下，你只剩下十年寿命可活了。"你低声问他，"既然造出那一场完满幻境……却执意将它抛入水中，为什么？"

"酒醉终有清醒的那日，我只愿求得须臾的欢乐。"曹植举杯醉笑，"至少这世上曾经存在过一个重返年少的我，足矣——"

你接过扳指。

任务完成，是该分别的时候了。

A 离开　　　跳转2

B 不甘心　　跳转14

荀彧

唯恐与君其歧途

拂罗／文

荀彧

建安十七年（公元212年），寿春城内。

"咳……"

卧病发烧的荀彧，恍惚间做了个梦。

朔风呼啸，白雪茫茫，眉目清冷的少年穿一身单薄衣裳，在他前面孑孓而行。

这是谁家的孩子，穿着单衣怎么还敢往深雪里去，不冷吗？究竟要走到哪里才是终点，没有人能陪着他吗？

荀彧踉踉跄跄地追去，解下外袍，想给少年披上。

雪却越下越深，即将淹没少年清瘦的轮廓，他突然回身望来，眼中笑意凄然："令君，你守望的大汉何在？"

荀彧一惊，这才发现自己手中分明抓着一袭魏臣的官袍！

大汉……何在？！

轰隆一声，他眼前天翻地覆，苦苦支撑了五十年的信仰，被雪崩袭得溃不成军。

"报——曹丞相给令君送了食物！"

睁开眼，窗外春光融融。

那个人如今还会有心给自己送礼？荀彧接过四四方方的食器，慢慢掀开，手指不觉一颤，心中恍若雪崩，正应了梦——

盒内空空如也。

曾经并肩二十一年，最终，那人还是赐他一场空。

全身被病痛吞没，他从春日回溯到冬日，隔着飞雪窥见半生从前。

家乡的名字叫作颍川。

孩提时代的记忆里，家乡与繁华的都城雒阳仅仅一山之隔，贸易通信十分发达。战火未燃时，这里兴办文教，名士辈出。

183

荀家是当地大族，历朝都不乏有人被载入史籍。少年荀彧性子清冷，在几个嬉笑打闹的兄弟中，他仿佛白玉琢出的鹤，孤孤单单。

荀彧，寻玉。

"哥，你总是一言不发，想什么呢？"

弟弟荀谌好奇地问，少年淡淡一笑，将目光深深投向飞雪尽头雒阳的方向——

"我在想，这场雪何时才会停。"

纷扬的薄雪、浩荡的飞雪、激荡的狂雪……最后终于成了满天下的乱雪。

天资聪慧的少年，曾听过父亲悲愤欲绝的铮铮之音："那些宦官本身就在朝中为非作歹多年，如今竟然污蔑我们交结诸郡生徒，共为部党！"

当时，父亲与叔父们在朝中当官，为了躲避宦官的残害，在官场如履薄冰——这与汉朝先后两次"党锢之祸"有关。两次皆是宦官以"勾结朋党"的罪名陷害清官士大夫们，或禁锢，或残杀。

桓灵二帝统治时期，清正官员们被宦党彻底打败，朝中无人敢把控大局，天下民怨四起，各方雄杰离心。

荀彧感到痛心，豪杰辈出的四百年大汉，始于刘邦觅得张良的君臣传说，如今怎可毁于一旦？

兵书在他手中越翻越快，岁月随书页匆匆飞逝，"我要作为一名汉臣而活，匡扶汉室于乱世中。"

飞光尽头，窗边观雪的清冷少年，已然出落成一位清秀通雅的美人。

荀彧喜爱熏香，长久以来，就连衣发都沾上了几分香气。有一回，他去友人家里做客，坐过的席子竟三日留香。从此，荀文若衣间那一缕不散的清香，成了无数倾慕者争相效仿的典故。

比美貌更令人惊艳的是才名，当时有个叫何颙的南阳名士，一见荀彧立刻惊呼："此乃王佐之才啊！"

荀彧

二十六岁的荀彧被举孝廉，担任守宫令。

江山渐寒，血雨欲来。

中平六年（公元189年）九月，董卓强行废少帝刘辩，另立献帝刘协。

同年十一月，董卓自立为相国，入朝不趋，剑履上殿，任由将士在都城内烧杀掳掠。

那年的雒阳城内哭声震天，厚雪下了一层又一层，掩不住刚刚泼洒的黎民血。荀彧在短短一年内看尽众生惨状，他第一次感到深深的悲凉。

乱局之中，一介文官，怎能有余力撼动整个朝廷呢？

拯救汉室，必先止战。

放眼这天下，总会有愿意与自己一同复兴汉室之人。

他决然驰回颍川，劝家乡父老迁移："这里乃是四战之地，四方平坦，不宜防守。假若天下有变，此地极易受到侵略，不宜久留啊！"

"这……"

荀彧从乡民的脸上读出迟疑之色，他们留恋故土，不愿追随这位涉世未深的年轻人离开。哪怕说到喉焦唇干，哪怕说到声哑力竭，回应他的只有鸦雀无声。

冀州牧韩馥已派人来接，荀彧只好带着宗族里的人先离开。

回望最后一眼，他看见乌云自京城上空凝结，愈发扩大，缓缓覆向颍川，似乎预兆着雒阳血流成河的惨状即将复现。

荀彧第一次迫切期望自己的判断是错的。

珍重。

他垂睫将思绪掩下，转身登车。

山水迢迢，地界版图在群雄掌中瞬息万变，待荀彧踏入冀州，这里的主人已换成袁绍。面对袁绍的热情招待，一段时日后，荀彧却准备离开。

在袁绍阵营，荀彧见到弟弟荀谌："哥，你也留下难道不好吗？"

荀彧摇头："袁本初终不能成大事。"

从小到大，荀谌总觉得，他清冷的兄长好像是飞雪所化，高深得让人猜不透。

"那……究竟谁能成大事呢？"

荀彧垂目望向舆图："东郡曹孟德。"

这是一个让荀谌意料之外的答案。此时的曹操尚未闻名于世，实力也远远不如袁绍。他忍不住追问："那曹孟德可是乱世之奸雄，袁本初都不能成大事，他就能？"

"嗯，他是能助我复兴汉室之人。"

去年正月，以袁绍为主的群雄结成讨董联盟。董卓初败后，强行让献帝迁都长安城，一路大肆掳掠，使得雒阳二百里荒无人烟。联盟竟畏惧董卓，纷纷屯兵酸枣，无人敢追。其中，唯独有个人独自率兵讨董，虽被打得落花流水，但这份热血依然震慑了董卓，使其撤出酸枣。

这个人正是曹操。

危机解除后，曹操又苦劝众人一口气诛杀逆贼。可联军各怀心思，日日饮酒作乐，不思进取，慷慨激昂的曹操并未打动他们。

曹操那孤勇的身影，让荀彧想到曾经苦劝乡民无果的自己，同样渺小，同样孤独。

于是，他与弟弟挥别。

天下茫茫，荀谌目送兄长离去。

兄弟俩转眼各为其主，史书里半册相隔的距离，往往便是一生难重逢。

与荀彧交谈过后，曹操拍案高呼："你就是我的子房啊！"

那年荀彧二十九岁，曹操三十七岁；一个冰清玉润，一个豪迈热血；一个谦谦君子，一个乱世奸雄。

"董卓威震天下，我又该用何计讨伐他呢？"曹操迫不及待地问。

"董卓残暴，最后必以乱终，不会成就什么大业。"从荀彧的语气里，他分明听出几分寒意——不久前，在百姓们沉浸在"二月春社日"的喜悦气氛时，董卓派兵袭击了颍川。荀彧所熟悉的乡人们，大多枉死于屠杀。

无人听见荀文若在深夜里失声痛哭。

世人只知道，曹操得到了最得力的谋士挚友。此后无论大小事，曹操的身后，永远都缺不了荀彧那一道留香的清瘦侧影。

"文若，有你替我坚守后方，我就能放心外出征战了！"

"文若，依你之见，下一步我该如何走？"

"放心吧文若，你我并肩，一定能匡扶汉室！"

一声声许诺犹在耳畔，荀彧心头渐渐炽热的希望，却在三年后的春夏戛然冷却。

颍川的惨剧，再次在徐州上演。

兴平元年（公元194年），曹操之父曹嵩来兖州投奔儿子。因曹操之前出兵征讨过徐州，徐州牧陶谦愤不能平，派人杀了曹嵩。

暴怒的曹操再征徐州，下令："杀——"

曹军屠杀百姓数十万，鸡犬无余，泗水为之不流。

消息远远传到守鄄城的荀彧耳中，那一刻，他只觉得天旋地转。

数年前那个赤诚的曹孟德去了哪里？能挥笔写"白骨露于野，千里无鸡鸣。生民百遗一，念之断人肠"的那个人，怎会做出这种事？

留给荀彧沉思的时间并不多，鄄城接连迎来危机。

趁曹操东征徐州之际，张邈与陈宫暗中勾结吕布，企图欺骗众人："吕将军来助曹使君攻陶谦了，请您速速为他们准备军粮！"

众人将信将疑，唯荀彧识破二人的诡计。他敏锐意识到兖州许多城池已倒戈吕布，于是立刻召夏侯惇前来加强防守，夜诛谋叛者数十人，稳定人心。

不久后，豫州刺史郭贡率万军来到鄄城城下——眼下唯有鄄城、范县、东阿三地仍把持在曹操手中，有传言说他与吕布合谋攻城，局势瞬间陷入十万火急。大部分人马都随曹操东征去了，留给鄄城的人手并不多，听闻消息，人人惊惧。

郭贡指名求见，荀彧面无惧色："可以。"

就连久经沙场的夏侯惇都大惊："您是镇守一州的中心，此去必危，万万不可！"

荀彧笑笑："郭贡与张邈二人素未往来，如今动作这么急，必定是因为计划未定。倘若趁机说服他们，就算不帮我们，也能使他们保持中立。倘若先怀疑，他们反而会因愤怒而坚定计划了。"

城外众目幽幽，兵刀烁烁，身形清瘦的谋士一步步走进众人的视线，在狂澜之中神情坦然，谈笑风生。

郭贡起疑，觉得鄄城藏有兵力，便收兵离开。

曹操归来，拍着他的肩膀大笑："文若，你这人看似冷冷清清，其实对自己下手最心狠啊！"

荀彧沉默不语。

他正亲手饲养一只怒兽，看着它野心膨胀，看着它随时失控。这些年来，曹操作风残酷，可唯独对荀彧事事依赖。

孟德，你与我，是否还是当初理想的同路人——

不论如何，这个人依然会拍着他的肩膀，与他尽情谈论匡扶汉室后的盛世。

次年，曹操见徐州陶谦病逝，立刻打算趁火打劫，满腔热血却被荀彧迎头一番话浇灭："将军难道忘了，您曾在徐州屠城之事？如今徐州子弟一想到亲人被杀的耻辱与痛苦，必会奋起抗战，不会有降心。就算将军能攻下徐州，也不可能拥有它，望将军深思熟虑。"

屠城——这个词被他说得格外重。

这是曹操第二次听清荀彧语气中的寒意，从此以后，他再未规模浩大地屠过城。

荀彧

次年七月，献帝从长安回雒阳，曹营围绕"是否奉迎天子"争论不休，而荀彧坚定地点了头："迎。"

最初的理想终于近在荀彧眼前了。荀彧很清楚，平定天下要先利用献帝，威慑群雄。

"虽在朝廷外抵御国难，但此心无时无刻不牵挂汉室。这是将军济天下的平素理想，不是吗？"

迎献帝迁都许县后，年号改建安。

曹操挟天子以令诸侯，而荀彧任尚书令。这个官职等同于皇帝的秘书，也等于曹操与献帝之间的桥梁。

当初那个决然步出庙堂的汉臣，兜兜转转，终于又回到了他牵挂的汉室朝廷。他依然是曹操最信任的挚友，在接下来漫长的十一年，坚守阵营，出谋划策。

建安二年（公元197年），因挟天子的行为引来袁绍不满，趁曹操惨败给张绣时，袁绍特意写信嘲笑。

曹操怒不可遏，掏出书信："我早就想打他了！但我打不过，怎么办？！"

荀彧从他手中抽走书信，对比着袁绍的缺点与曹操的优点，分析出"四胜四败"，最后得出结论：袁绍终将败于曹操手中。

这番话如一捧冰雪撒在曹操心上。看着荀文若那双清冷的眼睛，不知怎的，他想起上次狂怒屠城后，荀彧当时那微寒的目光，犹如望着一个陌生人。

想到这儿，他心头狂怒的烈焰似乎正被慢慢熄灭。

建安三年（公元198年），曹操击败张绣，诛吕布，定徐州。

建安五年（公元200年），官渡之战拉开序幕。二人书信往来，荀彧算无遗策，曹操大败袁绍。

"彧睹胜败之机，略不世出也。"

"天下之定，彧之功也。"

见荀彧的性子太过淡泊，曹操曾屡次为他上表封爵，又想要献帝给荀彧授予三公职位。荀彧反复推辞了十几次，曹操只好作罢。

荀彧知道，自己平生所求，并非功名利禄。

少年时代所见的暴雪，如今终于渐渐歇止，可身边为何没有暖意呢？

飞雪尽头，运筹帷幄的清冷谋士，已然被岁月琢成竭智尽忠的老臣。而那位野心勃勃的故人，却总将幽幽的目光投向金殿尽头。

野心昭然。

荀彧终于明白，他好像亲手浇筑了一把指向汉室的屠刀。

建安十七年（公元212年），曹操果然欲进爵国公，加封九锡。

满朝文武躬身，唯荀彧冷声上前："丞相当年兴兵，匡朝宁国，应秉忠贞之诚，守退让之实，不宜如此！"

往日你我把酒共饮，誓要复兴大汉。如今你为丞相，我为侍中，难道还不满足吗？

试问丞相，与魏王仅差一字的那个身份，究竟叫作什么？！

那是曹操第三次看清荀彧眼中的寒意。

失控的心思愈发暴躁，趁东征孙权之际，曹操命荀彧来谯郡劳军，趁机将其留在军中。却不料荀彧忧郁成疾，病重停在寿春城。

病重……

荀彧忧郁的目光仿佛如影随形，使他心惊。

曹操一把抓起空食盒派人送去："荀文若，二十一年了！你看看你所坚守的大汉，可还剩下半分土地，半粒粟米？！"

有那么一刻，他想让文若死吗？向来杀伐果断的曹操心中竟没有答案。

荀彧慢慢将空盒放在膝上，朝着苍白的天抬起眼。

二十一年，漫长吗？

二十一年，不漫长吗？

尘埃落定，假如史官为往事作传，那支锋利的铁笔，会将我归向汉书，还是划为魏臣呢？

荀彧发现，自己好像没有力气再忖量这些事了。

以他的才智，要猜出问题的答案，实在不算难事。

他只是，不愿继续想下去。

他成了被囚于满园春色中的最后一枝白梅。

一生中纷纷扬扬的雪，将他吞没。

那是为大汉王朝殉葬的雪，亦是荀令君此生所见的最盛大、最惊心、最凄美的一场雪。他知道，待凛冬过去，江山终会迎来一片好春色；待冰雪消融，那些烟尘与往事，也终会被天下人轻飘飘淡忘在昨天。

后世人不经意戏说的那声前朝，曾是谁至死念念不忘的家国？

可是孟德，连你也会忘却吗？

倘若连你也忘了，那么，那些从来不属于暖春的雪花该怎么办？那枝曾经盛开在昨日的白梅，倘若它不肯恭迎你的春光，又该怎么办？

如冰之清，如玉之絜，那便消融吧，趁春色来临之前。

荀彧慢慢合眼。

彧疾留寿春，以忧薨，时年五十。

——《三国志·魏书·荀彧荀攸贾诩传》

次年，曹操进封魏公。

建安二十五年（公元 220 年）正月，曹操病逝雒阳，时年六十六岁，一生不曾称帝。

曹丕

人生如寄，多忧何为

拂罗／文

大雪如席,下了一夜。

延康元年(公元 220 年)十月二十九日,北方山河一夜间换了新颜色,家家户户紧闭门窗,窃窃私语。

"天一亮,魏王就要登受禅台即皇帝位,改元黄初,大赦天下……"

"嘘,天家的事,少议为妙,少议为妙。"

君临天下前一晚,殿内烛火俱寂,曹丕辗转反侧。

孙刘两方仍虎视眈眈,见自己篡了汉室,他们一定相继自立……总之,得速讨东吴才行,万事不可懈怠。

听着雪落的声音,他静静披衣起身,迈步走到铜镜前。

镜中男人黑眸幽沉,眼神偏冷。

众多兄弟之中,自己与父亲最相似,这算是好事,还是坏事?

三十三岁的曹丕仍然想不出一个答案。

父亲此生仅仅止步于王,而天亮后,自己将称帝。曹丕曾以为,只要这样就能真正追上父亲,与他并肩青史,平等相视。

为实现夙愿,自己这些年先是随父征战,后又争夺太子之位……曹丕低头翻开《典论》,这本书是他太子时期所著,每次翻开,心底都有声音悄悄问起:"你是何人?"

"我是……曹孟德的第二个儿子,曹子桓。"

曹操出身于怎样的家族?

曹操出生在不光彩的宦官世家,他爹正是宦官曹腾的养子曹嵩。少年曹操被家人冷落,过着"既无三徙教,不闻过庭语"的生活,没有得到过慈母教诲,也未曾听到过严父教导。

曹操是个什么样的人?

黄巾军揭竿而起,各路豪杰招兵买马,口中嚷着讨伐叛贼,心里却各怀鬼胎。不久后,董卓入京把持朝廷,一把火烧了雒阳城,挟献帝往长安西迁。

当时的曹操心中仍有匡扶汉室的大愿，率长子曹昂浴血奋战，誓要讨董卓。

曹丕正是在乱世中出生的，在父亲的严格监督下，他六岁学会射箭，八岁学会骑马，诗歌文采也远比一般的孩子更深厚。

"挽弓如此懈怠，以后如何上战场？骑射都做不到，以后又如何随军杀敌？"

"在马背上不能摔，就算摔了也要立刻爬起来！"

稚嫩的孩童还不及马腿高，疼得龇牙咧嘴，坐在地上赌气道："不学了！骑马太难，我不学了！"

父亲从未伸手搀他一把。

可曹丕分明记得，父亲对哥哥弟弟不是这般态度。

是不是自己做得还不够好，所以得不到认可？

很久以后他才明白，自己或许不是父亲最看重的孩子，但自己一定是最像父亲的孩子。面对优缺点相同的另一个自己，有人会宽容以待，有人则心生厌恶。

自幼参与军旅，曹丕涉足乱世。

建安二年（公元197年），曹操攻宛城讨伐张绣。张绣起初投降，后又因曹操私纳了他婶婶，怀恨在心，突然反叛。曹营成了任人宰割的麦浪，最受曹操看重的长子曹昂也在乱军中牺牲。

"爹！哥！你们在哪儿——"

鲜血溅上孩子稚嫩的脸，十岁的曹丕与家人失散。他狼狈不堪，左右突围，险些坠马。

父亲昔日的厉声教导，旋即在耳畔响起。

曹丕咬紧牙关，重重踢向马腹："驾！"

天地在他眼前俱成一片血河，两旁尽是寒意闪闪的刀光，这人间才是真正的刀山火海！

往日学不精的骑术突然变得无比娴熟。曹丕骑着马闯出乱军，第一次朝敌兵挥刀——

不是你死，就是我亡！

滚烫的血再度溅上男孩的脸庞。

这一次，他的黑眸深处闪烁着如父亲那般的冷酷寒光。

子桓子桓，出自《诗经·鲁颂》中"桓桓于征"，形容武貌。随军生涯使少年性格愈发沉郁，写出的诗歌也总是缠着几分哀凉的眷恋。

郁郁河边树。青青野田草。舍我故乡客。将适万里道。妻子牵衣袂。抆泪沾怀抱。还附幼童子。顾托兄与嫂。辞诀未及终。严驾一何早。负笮引文舟。饱渴常不饱。谁令尔贫贱。咨嗟何所道。

——河边树色郁郁，田间野草青青，可征人即将离乡赶赴万里之外。妻儿牵着他的衣袂紧紧拥抱，他将年幼的孩子轻轻交给妻子，将他们托付给兄嫂。这边的诀别还没说完，那边的马车早已催促。肩负竹索奋力拉着行船，挥汗如雨，却常常吃不饱饭。

"是谁使你活得如此痛苦？"

曹丕深深扪心自问，朝远方眺望，企图望穿一个残阳般伤痕累累的汉朝。

年轻力壮的父亲，是否曾对复兴汉室饱含热切？两鬓斑白的父亲，是否曾在某一刻对朝廷彻底失望？

他突然理解了父亲眼中的野心勃勃。

这些年，曹操挟天子以令诸侯，赢下官渡之战，再发兵征讨乌桓，又在赤壁一带被孙刘联军击败……曹丕仰望着那个男人的背影，看他剑履上殿，看他位极人臣。

"设使国家无有孤，不知当几人称帝，几人称王！"

曹操一统北方，山河逐渐太平，他身侧的少年们也逐渐长大。

那时立嗣之争还未开始，曹丕度过了一段恣意的青年岁月。

有次，他与刘勋、邓展两位将军宴饮，侃侃谈起剑术。在邓展眉飞色舞之际，曹丕啃着甘蔗，反驳道："我也对剑术颇有研究，得到过高明的教导，你方才说的这处根本不对。"

邓展不服："你说不对就不对？有能耐实战啊！"

众人起哄道："打起来打起来！"

"实战就实战！"曹丕下殿，"来人！拿我的刀……不，拿我的甘蔗来！"

再看邓展，也抡起甘蔗攻来："刀……甘蔗无眼，子桓看招！"

只见几回合下来，曹丕连着三次击中邓展手臂，把众人逗得大笑。

邓展脸色通红："我不服！再来！"

曹丕故作高深："你知不知道？其实啊，我这剑不容易打中对方的面部，所以才击中你的手臂……"

"不必多言，再来！"

曹丕笑而不语。

其实他早料到邓展必会中计，一定是朝正前方袭击，故此做了个假动作，迅速退步躲闪，出招一击定胜负。

果然，他一挥甘蔗正中邓展额角，周围群众惊呼出声。

这么厉害的事以后可一定要写进书里。

"我看将军还是把旧剑法忘了，重新学吧！"

众人哈哈大笑。

得意之余，每每想起父亲毫不在意的目光，他心中总归有一抹隐痛。

建安十六年（公元211年），曹操带儿子们西征，只留曹丕守邺城。曾使曹植大展才华的铜雀台早在去年修建完毕，曹丕在秋色中独自漫步出西园，念着父兄，心绪低落。

秋风动兮天气凉，居常不快兮中心伤。

曹丕

这些年父亲对他严厉不假,可越是如此,父亲偶尔流露的一抹柔情,越让这个沉郁的青年想拼命抓住。这份患得患失也被他糅进诗句:

明月皎皎照我床,星汉西流夜未央。牵牛织女遥相望,尔独何辜限河梁。

对父亲的爱惧交加,贯穿了几十年的父子相处时光。

幸好,弟弟曹植回邺城后常常陪自己玩耍。兄弟二人乘毂辇来铜雀园游玩,曹丕先挥笔:

寿命非松乔,谁能得神仙。遨游快心意,保己终百年。

谁人寿命能比神仙呢?如此遨游也算快意,说不准能保我活个上百年!

曹植笑意不减,合诗《公宴》:

神飚接丹毂,轻辇随风移。飘飖放志意,千秋长若斯。

哥,今朝我们尽情遨游,真希望能就此过上一千年啊。

许诺越漫长,陪伴越短暂。

一年后,曹丕去探望劳军的荀彧,顺便炫耀自己精进的箭法。

"听说你擅长左右开弓,实属难得。"荀彧笑着夸他。

"这算什么!"曹丕不以为然,"我朝着什么角度拉弓都行!"

"这么厉害啊。"这位温柔的长辈看着他幼稚得意的样子,依然轻轻地笑。

荀令君比往日消瘦了许多——誓为汉臣的荀彧,劝不回曹操的野心,那是他郁郁而终的最后一年。次年曹操被册封为魏公,三年后称魏王,距离天子只差一步。

从此,曹丕需恭敬地称他为"父王"。

残酷的立嗣之争浮上明面。

二十五个兄弟中,长子曹昂已死,曹操最欣赏的曹冲十三岁夭折,入眼只剩曹丕与曹植。

"父王……"曹冲病逝时，曹丕曾去安慰父亲。

却见悲痛的父亲缓缓抬头，颤抖着朝他一指："曹冲之死，此乃我之不幸，却是你的大幸啊！"

曹丕一惊。

惊心？麻木？说不清楚，但他知道，如今是证明自己的好时机。此刻他并未掩饰眼神中的野心昭昭——曹植虽然一开始得到欣赏，险些被立太子，却因做事放浪形骸，几次酗酒误事，终于使曹操失望。

建安二十二年（公元217年），曹丕成为魏国世子。

长久政斗消磨了最后的兄弟情，曹丕一把搂住谋臣辛毗的脖子，哈哈大笑："辛先生，你知道吗？我好高兴！父王终于认可我了！"

那也是曹操生命的最后三年。

成为太子后，其实曹丕仅仅开心过那么一瞬。他的惧怕与疑虑未曾有半分松懈，甚至"惧于见废，夙夜自祗，竟能自全"，他内心藏着个患得患失的少年，怕自己会再失去一切。

那年曹丕三十岁，而他的儿子曹叡已有十一岁。

望着爹爹时常阴沉的脸庞，那孩子小心翼翼地低着头，面色恐惧。

给《典论》写自序，写到父亲，总是笔顿。

父亲是谁？

是咿呀学语时那一抹模糊的柔情，是贯穿他少年时光的独裁者。

曹操是谁？

一个枭雄，一个权臣，一个爱憎分明的豪杰，一个雄心壮志的魏王。任何身份单拎出来，都耀眼得照亮历史，好像与"父亲"这么平凡的词毫不沾边。

如今，曹操活成了一道影子。

日升暮落，年迈的影子渐渐垂老，而年轻的身影要穿过长夜，走向朝阳——

[曹丕]

他们兄弟将父亲当作一把威严腐朽的交椅，咳嗽声每重一分，椅下手足相戈就愈烈一分。

可是，当这天真正来临的时候，曹丕才发现，眼前这个渐渐衰弱的老人，也曾是三十年前将自己抱在怀里的普通父亲。

床头安静，数不尽的怨言化作寥寥一滴墨，只够书写"父子"二字。

"爹，想交代什么？"曹丕轻声问。

"我此生没有后悔事，只是曹昂当年白白战死，他娘与我和离……我到另一边，你哥若问我他母亲何在，我该如何回答啊……"曹操握紧曹丕的手，话语哀伤，"子桓，你最小的弟弟曹干三岁丧母，如今五岁又要丧父，你代我好好抚养他长大吧。"

建安二十五年正月（公元220年），曹操病逝。

曹丕失声痛哭，颤抖着捉笔写道："神灵倏忽，弃我遐迁……翩翩飞鸟，挟子巢枝，我独孤茕，怀此百离……"

灵堂如故，我的父亲却已不在世上，他的魂灵离开得那样仓促，将我丢弃在这人间。那翩翩的飞鸟啊，正携着爱子返巢，如今只有我孤独一身，哀恸难言。

后来，幼弟拉着曹丕的手，常常口齿不清地唤他："爹爹！"

曹丕一遍又一遍地耐心教他："不对，我是你的哥哥。"

每每说罢，潸然落泪。

雪色再覆江山时，那册《典论》已被翻得泛黄，新的疑虑却在新帝心中肆意蔓延。

称帝第一年，听说曹植居然为汉室哭丧，曹丕将他远远贬了出去。

称帝第二年，曹叡的生母甄氏因争宠而屡出怨言，曹丕下令赐死，曹叡也被废为平原侯。

曾压抑的隐忍，如今彻底爆发，终于促成了相似的父子兄弟悲剧。当曹丕愕然惊醒，他又成了孤身一人。

那日父子射猎，遇子母鹿，曹丕先射死母鹿。见曹叡手持弓箭发愣，他皱眉催促："还不拉弓？"

曹叡泣道："陛下已杀其母，臣不忍复杀其子。"

曹丕心中微震。从什么时候起竟忘了呢？少年的自己，明明如此畏惧父亲，惧怕得日夜难眠，如今的自己竟亲手赐予儿子更残酷的童年。

次年三月，曹叡被复立为平原王。

万般补偿，也无法消解儿子心中的愤与恨。

孤独的父亲只好专心治理国家，寻求答案——

一晃七年。

文士归德，武夫怀恩。

对内，他缓和了曹家与士大夫的争端；设立中书省使得皇权更为集中；还驱逐了游牧民族，开通西域。在屯田政策下，北方百姓们逐渐恢复了安居乐业。

对外，黄初三年，曹丕出兵东吴，一路势如破竹，却因为瘟疫所苦，命诸军解围撤退军。

黄初六年（公元225年），曹丕临江阅兵十万众，却不料又赶上隆冬大寒，江面结冰，战船难以下水，只好率兵而还。

两次伐吴均未成功，但他趁机平息徐州与青州的祸乱，解决了长期的豪强割据，彻底巩固了北方统一。

曹丕打马而立，滔滔江风吹拂衣裳，他听见风里传来父亲迟来的夸赞声："子桓，让我猜猜，你是不是假借出征东吴，意在平定两州？"

子桓笑笑，已不在意。

他才三十九岁，鬓边已有白发。

"剩下的事，交给历史来评判吧。"

近来，他总是听到耳边响起亡人们的窃窃私语。

"子桓啊，你终于从你父王的影子里走出来了啊。"

归来路过雍丘，曹丕终于见了弟弟一面，增其户五百。

"哥，还记得铜雀园的诗吗？"曹植醉笑，"那时我们曾经许诺千百年，后来父亲封了魏公，我们……"

"百年太久，千年太长，"曹丕笑着摇头，"来，喝酒吧。"

兄长，是谁使你活得如此痛苦——临别之际，最后这句话，曹植并没有问出口。这位陈王已不复年轻时的恣意轻狂，他只是沉默，目送兄长的背影。他静静看着威严的仪仗队簇拥着曹丕，慢慢走入残阳深处。

他们是天家兄弟，赢家注定与输家同样伤痕累累。

黄初七年（公元226年）正月，曹丕回洛阳，五月病重，召司马懿等人受领遗诏，叮嘱他们务必尽心辅佐曹叡。

"薄葬我于首阳山，送嫔妃们回家，好好陪家人安度晚年……都散了吧。"

丁巳，帝崩于嘉福殿，时年四十。

——《三国志·魏书·文帝纪》

曹丕死后，曹叡以酷暑天热为由，拒不送葬。

这片土地的历史，由一朝又一朝重蹈覆辙的血与泪、奸与忠、愚昧与开化、圆满月与意难平、辉煌开元与至暗穷途写成。曹丕终于明白，天家故事历来相似，父与子的爱恨纠葛，也终将重蹈覆辙。

那册《典论》从他手中悄然滑落，被无情的岁月扯落十多篇，哗啦啦飞散了。深沉的帝王一步步朝着书页尽头走去，他听见身后有人唤他——

"你是何人？"

"我是魏国第一位皇帝，曹子桓。"

司马懿

一世魏臣，终入晋书

拂罗／文

滚滚长江东逝水，浪花淘尽英雄。

三家归晋，季汉日月难以复明。东吴王气黯然收敛，曹魏早被篡成了司马氏。

东晋第二位皇帝司马绍，曾召来王导与温峤，好奇地问："我们司马家族，是如何一统天下的呢？"

温峤沉默不言。

"温峤年轻，不了解，臣为陛下陈之。"半晌后，王导慢慢开口，"三国时，您的祖先司马懿曾辅佐曹孟德与三代魏帝，晚年架空魏室，使得孙辈篡得帝位……"

司马绍掩面哀叹："如若公言，我们朝代又安得长久呢！"

当夜，他竟梦到了祖先。

再将晋书"哗啦啦"从头翻，那一道神秘难测的瘦高孤影，正是司马懿。

"高祖！等等我！"他连忙追上去，"我想问……"

权倾朝野时，高祖究竟有没有起过逆谋之心？

而那位长辈，他依然穿着一身魏臣的长袍，静静背对着众人，站在晋史长河的始岸，将眉眼敛在浓重夜色中。

他的身旁，空无一人。

他是魏书里的放逐客，已在两朝光影的隙间孑孓而行太久。

司马家族世代为官，祖先司马卬曾随项羽灭秦，高祖父是汉朝征西将军，曾祖父与祖父分别为豫章、颍川太守。到京兆尹司马防这一辈，膝下八子，因字中皆有达字而号称"司马八达"。

名士崔琰与长子司马朗是好友，曾评价："你次弟聪亮明允，行事果断，不是你能比得上的啊！"

司马朗的弟弟司马懿，字仲达，正是一位性情高傲、神色淡漠的青年。

他们家里虽兄弟诸多，却并不热闹。司马防对儿子们十分严格，不说让谁进，他们就不敢进；不说让谁坐，他们就不敢坐下；不明确让谁发问，他们就不敢多言。

"司马家世代当官，凭的就是雷厉风行！凡事一定要做到极致，不要后悔，懂吗？"

"你是司马家的人，必须肩负起家族未来的责任！"

在日复一日的规训声里，司马懿渐渐变得疏离沉默。他的朋友不多，其中有一位名叫胡昭的忘年交。某次，司马懿与同郡青年周生结仇，周生要追杀他，胡昭铤而走险截住周生，为司马懿泣泪求情。

胡昭，字孔明，多年以后，当司马懿与诸葛亮对峙时，他常常想起那位朋友，而彼时的胡昭早已白发苍苍，归隐山林。

生在显赫世家，比同辈人更能感受到汉朝衰落之快。长大后的司马懿常常心忧天下，高傲的出身却又让他瞧不上曹操。

"宦官后人召我做事，我怎能从命？况且曹家人多疑，不是明主。"

建安六年（公元201年），曹操已挟天子令诸侯，派人征辟。司马懿左思右想，躺床上装病，一动不动。

"我身患风痹病，实在难以从命啊。"

那年司马懿二十二岁。

曹操听后半信半疑："去，瞧瞧那小子是不是真瘫了。"

刺探者趁夜观察——

司马懿依然不动。

曹操很郁闷，只好暂时作罢。没料到司马懿接下来又"病"了七年。

建安七年（公元202年）间袁绍病死，曹操攻破邺城并作为大本营，又平定青冀二州，再率军征讨乌桓……官至丞相后，他又想起司马家的小子。

"如果那小子还中风躺在床上，就直接逮捕他好了。"

正捂心咳嗽的司马懿听闻此言觉得病弱书生扮不下去，他回光返照，直奔邺城，吓了家人们一大跳，曹操见他比曹丕大八岁，便安排他与曹丕共事。

谁也不知，此去竟会是四十四年的官场沉浮。四代曹公，三代皇帝，高傲青年熬成了一位覆手风云的深沉老者。

这么多年，故人来去。

初入曹营，见到曹丕，司马懿不承想，他的成长经历竟会与自己如此相似。他们同样恐惧父亲，同样擅长隐忍。

这些年来曹操杀了许多人：孔融刚直触怒曹操，无人敢收尸；娄圭与崔琰因一句失言引来怀疑，降罪被杀……这样的日子让司马懿如履薄冰，所幸他从小最擅长的就是忍耐，只需收敛心性，处处附和。

孙权遣使者向曹操称臣，并写信劝曹操代汉自立。曹操笑道："仲谋小儿，劝我称帝，这是要把我架在火上烤啊！"

司马懿垂目上前："汉朝国运垂终，殿下十分天下而有九。如今孙仲谋向您称臣，此乃顺应天人之意。"

此话甚得曹操心意，他大笑："若天命在吾，吾为周文王矣！"

历史上虽然周文王并未篡权，夺帝位的却是他儿子周武王，司马懿暗惊。他仅仅是一瞬色变，曹操锋利的目光仿佛能剔穿他的心脏。

在这里，太愚笨的人活不得，太聪明的人也活不得。

所幸曹丕坚定地维护他。

曹操曾判断司马仲达不是甘为臣下之人，日后必会干涉曹家事。而曹丕辩解："仲达是我的朋友，哪会有什么异心呢？"

"必会干涉曹家事……"

当这句杀气腾腾的话语传到司马懿耳中，他只觉得天旋地转，背后冷汗湿透官袍。自己从未想过谋逆，曹公为何总是提防自己？

有人拍他的肩膀。

"走，叫上陈群他们，"曹丕笑着与他擦肩而过，"咱们去铜雀园玩玩！"

望着对方的背影，司马懿回过神，连忙快步追去："世子，等等我。"

当时，子桓经常领着朋友们漫步西园，辩六经谈百家，将甜瓜放进潺潺清泉，在凉水中浸入通红的李子。太阳渐敛，继以朗月，夜晚的后园添了几分寂寥。筑声如叹，众人欢乐之余，难免惆怅。

身处乱世，今日宴饮的高朋，明日或许就天各一方。

曹丕环顾四周，叹道："这种快乐，怕是难以长久啊。"

当时司马懿正倒酒，酒液太满，顺着杯沿淌出，一滴滴连成线，如同不经意流走的时光。

月满则亏，酒满则溢。

建安二十五年（公元220年），曹操逝于洛阳。

那一年曹丕三十三岁，因常年忧虑，鬓角竟攀上霜白。而司马懿四十一岁，已不再是青年。他将丧事处理得井井有条，如同一道瘦高寡言的影子，与曹丕形影不离。

同年，曹丕受禅称帝。

汉朝被轻飘飘埋葬，全天下的哭与笑都交织在飞雪中，司马懿仰起头，静静闭上眼。

像他这样的人，并不会默哀旧山河，只是无端想到自己的家族。

朝代尚可一夕终结，更何况世族，司马家也终会消亡吗？

他的心底似乎悄然埋下一粒黑色的种子。

他仿佛一只缄默的苍鹰，立在凉薄的新帝肩上，正缓缓舒展羽翼。

黄初三年（公元222年）和黄初五年（公元224年），曹丕两次伐吴，都以司马懿镇守许昌，并改封司马懿为向乡侯。

"朕日以继夜操劳国事，没有片刻的歇息时间。仲达，册封你不是为了荣誉，而是要让你为我分忧解难啊。"

黄初六年（公元225年），曹丕又大兴水军攻吴，仍命司马懿留守。

"曹参虽战功赫赫，但更重要的，是因为有萧何在后方支持。有你，我就没有后顾之忧了！"

你是我的萧何啊。

曹丕神采飞扬，大笑着走远了。

"陛下，等等……"司马懿抬手又放下。

原以为相伴走过那些隐忍幽暗的岁月，便再不必提心吊胆地活，却不料他们的君臣缘分就只有七年而已。也曾一见如故，也曾君臣无隙，可他的陛下太过短命。

黄初七年（公元226年），曹丕回洛阳后病倒，他唤来曹真、陈群与司马懿，拉着二十二岁的太子曹叡："这是我留给你的忠臣，慎勿疑之……"

同年六月，魏文帝托孤后驾崩，不树不坟，薄葬于首阳山。

新帝登基，司马懿抬眼望向熟悉的旧龙椅，片刻失神。

命运为他安排的第二位故人，是诸葛亮。

曹魏现任的新城太守叫孟达，原是蜀汉降将。太和二年（公元228年），蜀相诸葛亮写密信想策反他，孟达犹豫之际，消息被告密到曹魏。

新城与自己这边相距一千二百里，倘若请示朝廷再出兵，往来至少需一个月。

先斩后奏！

司马懿八路并进，日夜兼程，率军八天抵新城，有惊无险地将孟达斩于刀下。

三年后的北伐战场，两位顶尖军师狭路相逢。

当时，诸葛亮以木牛运军粮，率大军包围祁山，在上邽击败费曜，趁机割麦作军粮。司马懿与其对峙十余天，诸葛亮有意退至卤城，而魏将张郃追击蜀军时，竟中了虚虚实实的埋伏，被流箭射中身亡。

对面有奇才啊。

仰望长星，司马懿感慨。

从三月对峙到六月，却见孔明撤兵回朝。原来蜀汉李严负责督运粮草，而秋夏霖雨，粮难供应，怕担责的李严竟谎报军情让诸葛亮回去，导致北伐无果而终。

"明年麦熟，诸葛亮必发兵，将军要趁冬天赶紧运粮。"军师们劝司马懿。

司马懿胸有成竹："诸葛亮每以粮少为恨，回去必囤粮，不积三年不会出兵。"

果然，三年后诸葛亮最后一次北伐，十万大军浩浩荡荡出斜谷，驻军渭水之南。而司马懿渡水而来，背水驻营，对峙百余天拒不迎战。

他悠悠然听营外传来蜀将们的喝骂羞辱，不以为意。

"诸葛亮粮草用尽自会退兵，我们以逸待劳，到时追击，自然获胜。"

他能忍，手下将士却不能忍："您上次也是畏蜀如畏虎，就不怕被天下人耻笑吗！"

司马懿叹了口气，只好开始演戏。

他故意上表请战，曹叡连忙派老臣辛毗手持杖节过来。此后，每逢蜀汉来挑衅，司马懿就装作愤怒，而辛毗也恰到时机地拦住他。

"让我出去！"

"仲达不可！"

将士们不知道，司马懿内心正散懒地笑。

八月入秋，蜀汉来使，他不谈军事，不经意地笑问："诸葛公最近寝食公务如何啊？"

使者答："军师很晚才睡，二十杖以上的责罚都要亲阅，吃饭也吃不了多少。"

司马懿心中暗忖："孔明啊孔明，鞠躬尽瘁，你还能活多久呢？"

不久后，五丈原有星陨落，诸葛亮溘然长逝。

司马懿拊掌大笑。

"孔明啊，出祁山前，你可曾算到自己有将死的一天？"

笑罢，一丝凄凉又悄然钻进心间。

一边是鞠躬尽瘁的明澈坦荡，一边是隐忍阴鸷的深沉笑意，却也是同样的托孤重臣，同样的机关算尽。仰天长吟的卧龙，蛰伏低啸的冢虎，龙缠虎斗，处处都不像，却又处处都相似。

"罢了，孔明，以后不必再跋涉了，你就慢些走吧。你是季汉的臣子，而我身在魏地，不送你了。"

四年后。

当躺在病榻上的曹叡预感自己命不久矣时，司马懿正远在辽东，奉旨平叛——自汉末起，公孙氏占据辽东近五十年，并不完全服从曹魏，态度轻慢，如今公孙渊更是自称燕王，企图自立。

连月大雨，司马懿围城而不歼。

公孙渊趁雨出来砍柴牧马，司马懿却无动于衷。诸将疑惑："当年您兵贵神速斩了孟达，如今远道而来，为何反而迟迟不攻？"

"孟达粮草充裕，我们兵多而粮不足，安可不速？"司马懿眼含笑意，仿佛猫戏老鼠，乐在其中，"如今贼众我寡，贼饥我饱，更应该稳住他们，不能贪图小利而把他们吓跑。"

等城内粮绝，魏军齐齐喊杀，果然势如破竹。

他下令屠杀十五岁以上男子七千多人，筑造京观。天上泼洒大雨，地下淌着血河，满城的号叫、哭喊、求饶……乌云压城，腥风血雨吹起司马懿的官袍，他站在堆满尸体的京观塔正前方，微微眯眼。

凡事一定要做到极致。

战役不会让他变得更仁慈，这颗心只会愈发无情。

孔明，我跟你，果然是两种人啊。

之前路过故乡，与父老宴饮数日，惊觉家乡竟陌生起来，令人怅然。

醉里执杯倒酒，不再年轻的司马懿手一抖，酒液洒出几滴。

一滴滴，连成线，想到先帝逝世已有十二年，司马懿苦笑低吟：

天地开辟，日月重光。
遭遇际会，毕力遐方。
将扫群秽，还过故乡。
肃清万里，总齐八荒。
告成归老，待罪舞阳。

最近不曾梦先帝，却梦到病重的陛下枕在自己膝上，面有异色。
正预感不妙，突然有诏书急召他回京，三天五封！司马懿大惊，日夜飞驰，四百余里一夜赶至，直奔御床边时已泪流满面。
"我撑到现在，见你一面，就没什么遗憾了……"曹叡攥紧他的手。
景初三年（公元239年）正月，明帝驾崩，托孤司马懿和大将军曹爽。
司马懿将年仅八岁的太子曹芳紧拥在怀，泣不成声。
一转眼竟成了三朝老臣。
当须发皆白的司马懿孤身走出巍峨的殿门，他看见鹅毛大雪又纷纷扬扬地下了起来。

最开始，曹爽以后辈身份自居，而司马懿同样以礼相待，一时传成佳话。
当开疆辟土的桥段翻篇后，活到今朝的旧人们，正踩着累累尸骨，袖掩神情，幢幢起舞，将战场厮杀变作覆手风云的权谋之战。少了刀斧拼杀的痛快，取而代之的，是落棋时回荡的轻轻一声。
野心在曹爽胸中悄然滋生。
他尊司马懿为太傅，实则暗削他的军权，再将何晏、丁谧这些纨绔子弟统统招作心腹。
年迈的司马懿权力渐渐被架空。
后来，曹爽为了建功，居然冒冒失失讨伐蜀汉。大军出发，连战连败，关中损耗严重。司马懿疾言厉色写信与之论理，曹爽这才灰溜溜回来。

此事后，曹爽愈发挤对司马懿，专擅朝政，多树亲党，屡改制度，使得曹魏国力倒退。百官将最后的希望投向太傅，向他哭诉。

司马懿静静听完，慢慢出声："且止，忍不可忍。"

正始八年（公元247年），曹爽愈发荒淫无度，还修建了座地下宫殿，整日与何晏等人饮酒作乐。

上朝时，司马懿不止一次在曹爽眼中看见杀意。

他干脆再次装病，不问政事。

这一年，司马懿六十六岁。

曹爽派人探视，看见婢女端粥过去，司马懿颤巍巍将粥洒了满身，一副病入膏肓的模样。

来客转身，在他背后，司马懿目光渐渐森寒。

从这群蠢货动杀意的那一刻起，便触了他的逆鳞。

自己还有几年可活？扳倒一个曹爽，以后还有千千万个曹爽，百年后家族又该何去何从？四百年的汉朝尚能终结，何况区区司马氏？

除非，趁机将司马家托举到一个无人能撼动的位置。

年轻时悄然埋下的那粒种子，在曹爽的步步紧逼下灌溉发芽。此生积攒的隐忍统统化作养料，长成漆黑的藤蔓，疯狂地缠紧他的心脏，勒得他喘不过气——一想到庞大的家族逐渐凋落，故人们最后的光影慢慢消失，司马懿第一次感到绝望。

必须肩负起家族未来的责任。

好人也好，坏人也罢，终究是要去做。要遮掩着野心，要忍耐着欲望，用沉着睿智的长辈姿态去欺瞒世人，慢慢将计划推算到极致。

他慢慢笼络军队，组织死士。

嘉平元年（公元249年），山雨欲来，曹爽陪同魏帝曹芳离开洛阳，去祭

211

拜魏明帝下葬的高平陵。

司马懿披衣,推门而出:"传我命令,关闭洛阳城门,控制京城!接管曹爽兄弟的职权——"

狼顾司马。

四十四载沉浮,终于促成一场声势浩大的兵变,魏与晋,皇权从刀尖上悄然过渡,而他是最初的持刀人。

司马懿上奏太后,以蓄意谋反为罪名请求罢废曹爽,并写信送出:"速速投降,可保全爵位,不夺尔等性命。"

城外曹爽大惊失色。

身旁的大司农桓范竭力劝他:"我们去占领许昌,挟皇帝召天下讨司马懿,就可以绝地反击啊!"

纵然他彻夜苦劝,曹爽依然决定投降:"吾得以侯还第,不失为富家翁。"

桓范大哭:"曹真居然生了你们这些猪牛不如的儿子!今天我也要受牵连灭族了!"

这群庸才一步步走近屠刀,毫无悬念地被诛三族。至于其他人的罪证,司马懿昐咐何晏戴罪查办。不出所料,何晏为了免死,无比积极地挖出了七家同党的罪行。

司马懿提醒道:"共有八族,还差一族。"

何晏怛然失色,问道:"难……难道是我?!"

司马懿笑笑:"是啊。"

何晏遂被收押,司马氏从此专权。

而后,老将王凌计划推翻司马家,不料事发。司马懿先故意下赦书安抚,不久后突然亲率大军而来,吓得这位老臣服毒自尽,死后被暴尸三日。

前半生的隐忍被亲手捏碎,本性里的阴狠慢慢露出锋芒。

他的心脏却不合时宜地感到阵痛。

嘉平三年(公元251年)六月,司马懿病倒,噩梦里经常出现王凌等人作怪。

他恍惚间想起胡昭，本想派公车接他来洛阳养老，却不料公车未至，那位八十九岁的孔明已经去世。

故事尽头，覆手风云的老者忽然倍感孤独。这些年隐忍的思念接踵而至，如此剧烈，如报复般悉数奉还，痛彻心扉。

八月，七十三岁的司马懿在洛阳去世。

"将我葬在首阳山，不坟不树，后终者不得与我合葬。"

世子，这回等一等我吧。

同乘并载的那对君臣，阔别已有二十五年。

十四年后，司马炎篡魏为晋，追司马懿为宣帝，颓靡血腥的两晋就此开始。曹魏打下的半个江山，再度七零八落。

山河统一又要再盼个三百年。

是非成败转头空。

"文帝，后悔过吗？"

不曾料想，故友曾赤诚信任的眼神会变成一把利锥，直直洞穿他这个未亡人的心脏。在司马懿生命的最后几载，他早已不敢再请子桓入梦来。

"仲达，依然不曾后悔吗？"

两段史书的隙间，背对众人而立的那道身影依然缄默着。

"子桓，人死之后会有魂灵吗？那么，许我孤身来向你告罪吧。"

曹魏集团

在一流大厂做军师
是怎样的一种体验

顾闪闪/文

郭嘉 行业精英（已销号）：

＋关注

1586 人赞同了该回答

那还用问？当然是爽啊！

在下二十六岁才出来找工作，在那之前的整整六年都在家"摸鱼"，做全职隐士。其实早年我也想过去袁绍那实习，汝南袁氏家大业大，四世三公嘛，各方面福利待遇都是业界一流。当时正好有一个工作机会，我就去了。结果喝杯茶的工夫，我就对他们集团的人事辛评和郭图讲："这活我干不了，你们找别人吧！"

他们急忙追问我为啥，我犹豫了一下，还是据实说了。

袁绍这个人吧，表面上看起来礼贤下士，天天扮演周公。但等你签完劳务合同就会发现，自己掉进了一个无底深坑，这份工作实际做起来和想象中的完全不是一回事。袁老板天天组织开会不说，一天八百个主意，一时一变。如果你出言反驳他，他就会脸色一冷，对你说："我不要你觉得，我只要我觉得。"可当你真的向他请示决策的时候，他又会问你："事事都要我这个主公来决定，那我招你这个军师来做什么？"最后仗打输了，那么大一口锅由谁来背？还不是我们这些打工人来硬抗？

这样的主公，绝对成不了大事。

再反观我后来的主公曹老板，那才是真正的会用人才。起初荀彧把我内推进去的时候，我还担心自己摆烂太久，在江湖上没什么名气，曹老板会不会不屑看我的简历，谁承想当天就收到了总裁办公室发来的录取通知。还记得当时曹老板紧紧拉着我的手，对荀彧感慨："使孤成大业者，必此人也！"我也眼含热泪，知道自己终于等到了对的人。

更重要的是，曹老板转头就把我提拔为军师祭酒，每个月交六险十二金，这不香吗？

扪心自问，我这人无组织无纪律时间久了，单从作风上来看，算不上是一个合格的打工人。特别是在这种尔虞我诈的大厂里，更是一个月被举报三十多回，工资都不够扣的。

可在这一点上，曹老板也给了我足够的安全感。不仅允许我弹性工作不打卡，不想工作的日子也都按带薪年假处理，还给我病假开三倍工资，将那些举报我的邮件一键删除。

就这样，在曹老板的无条件支持下，虽然集团业务培训我从未出现，但集团的重要场合我也从未缺席。还记得曹老板最常对我说的一句话就是："唯奉孝为能知孤意。"他不知道，遇到一位能读懂自己策略的主公，对于一个军师来说，也是天底下最幸运的事。

这样心明眼亮的老板，真的会有军师不心动吗？

评论（4）

@田丰：羡慕了，这样的双向奔赴真的存在吗？幸好你没来袁氏。官渡之战时，要不是袁绍不听人言，自己又拿不定主意，何至于十多万大军败给曹操两万多人？他弟弟袁术和他几个儿子也根本扶不上墙，给他们袁氏打工到底是什么人间疾苦！

@曹操：奉孝，奉孝看我！上次你去酒楼的全部消费，孤已经为你结清了，你喜欢的美酒也为你屯了几百坛。虽然之前朝廷已经封了你食邑一千户，但孤还是觉得少了，配不上你的聪明才智，也配不上你陪孤东征西战这十一年的岁月，所以又给你加封了八百户，你看够不够？够的话，你什么时候回来看看孤呀？

@荀彧评论@曹操：

那我呢？

@曹操评论@荀彧：

文若，你也是好样的，回头就给你涨薪。

程昱 集团高管：

+关注

732 人赞同了该回答

可拉倒吧，真那么轻松郭嘉会年纪轻轻就猝死吗？

曹魏集团谋士"内卷"有多严重，不用我说吧？还记得刚刚入职的时候，我也是踌躇满志，心想我怎么也是和黄巾军对打的猛士，来曹魏一样混得风生水起。直到我在办公室门口邂逅了荀彧、郭嘉、荀攸、贾诩、刘晔、司马懿、戏志才……我才知道，什么叫军师界的全明星阵容。更让人心理不平衡的是，时不时还能碰上许攸那种不知道从哪跳出来的外包谋士，卖卖对方集团的军事机密，分分钟就把你一年的业绩都抢走了。

而且到了创业后期，曹老板也开始有点急功近利，听不进人话了。就拿赤壁之战那次来说吧，其实咱们不是没劝过，贾诩劝他都不听啊。之后他出师不利，被孙刘联军按在水里打，他又要大哭着说："若奉孝在，不使孤至此！"点谁呢？就问是在点谁呢？

不过，好在我也不是吃素的，虽然和其他几位比起来，传奇性稍有逊色，但我胜在做事靠谱，混工龄都能熬死他们。而且本人超勇的，想当年曹老板远征徐州，陈宫、张邈等人作乱，迎吕布入兖州，只有鄄城、范县、东阿三城尚存。我靠一己之力，硬生生把三城从吕布和陈宫的手里抢了回来。

官渡之战前，袁绍率十万大军南渡，途径我守卫的鄄城，而我手里只有七百人。曹老板怕我害怕，想派两千人过来给我壮壮胆，我一摆手，回复他："您派两千人够干什么的？可能原本袁绍都不屑打我，一看您增援，忽然又意识到我的重要性了，容易打草惊蛇把敌军引过来了。"最后硬生生是靠胆量挺了过去，在袁绍眼皮底下逃过了一劫。

所以别再问我为什么能在曹魏集团连连晋升了？问就是特别能苟。

▼ 评论（5）

@薛房：哟哟哟，这不是程立吗？怎么换了份新工作，还改名了呢？

@程昱评论薛房：你懂什么？我改名是因为某天我梦见自己站在泰山上，双手捧日，曹老板听说后，认为这是吉兆，所以在立上面加了个"日"字，我就叫程昱了。

@薛房评论@程昱：行，你们曹魏人还挺中二。

@郭嘉：更正一下，在下不是猝死，在下就是病弱的人设。不过为工作呕心沥血确实是真的，也是我心甘情愿的。这里就不得不再夸一句，曹魏集团的抚恤待遇也真心不错。你出去问问，谁不知道咱们曹老板的口头禅是"汝妻子，吾养之勿虑也"？听说我死之后，曹老板还亲自给我写悼词，在我灵前痛哭三天三夜，画面十分感人，可惜我不在现场。

@贾诩评论@郭嘉：差不多就退场吧，话那么密呢，等会儿小鬼叉你来了。

荀攸 职场刺客：

+关注

975人赞同了该回答

事先声明一下，我这个"职场刺客"不是指光"摸鱼"收钱不干活啊！我真的是个刺客。

中平六年的时候，我在朝中做黄门侍郎，正赶上董卓进京，迁都长安，害得老百姓民不聊生。我和几个同僚一商量，就决定行刺，虽然后来没成功，还被抓了起来。和我被关在一起的同僚都吓得自杀了，而我作为专业刺客，心理素质过硬，知道咱们这个时代剧情进展迅速，到第二天就不一定什么走向了。果然，还没等我被处死，董卓就先走一步，我紧跟着也就被放出来了。

之后天下大乱，我求职的时候，偶然听说曹魏集团总裁年轻的时候也有过刺杀经历，刺的还是十常侍之一的张让（也有人说，刺的是董卓，我的更准，信我这个版本）。我一听这个企业文化好啊，曹老板在这方面完完全全就是我的知己，于是欣然入职。

说到这里，大家可能已经注意到了，我也姓荀。

没错，荀彧就是我亲叔。

总有人质疑我进曹魏集团是不是走后门？诚然，我是被我叔推荐过来的，但我们荀氏的家训就是"自己的人生无须凭借谁的光"，我作为军师，用起来也和我叔一样的香。

毕竟"谋主"两个字可不是白叫的。

早在建安三年的时候，我就助曹老板大破张绣、刘表联军；后来征讨袁谭、袁尚，也是靠我的计谋才将这两兄弟一网打尽；斩颜良、诛文丑和关羽有几成关系，咱姑且不论，但这一战我绝对是头功，毕竟奇袭白马的计策就是我定下的。

所以，做"谋二代"可以，但没有真本事，不行。

▼ 评论（4）

@曹操：荀文若之进善，不进不休；荀公达之退恶，不退不休。你们叔侄都是孤的王佐之才啊！

@荀彧评论@曹操：给你个眼神你自己体会。

@荀攸评论@荀彧：叔，怎么还和曹老板闹别扭呢？我以为你们已经和好了。

@荀彧评论@荀攸：好不了！原则性矛盾，根本好不了！

荀攸 集团前副总（已离职） ＋关注

1147 人赞同了该回答

让我看看，是谁天天在超话里喊"曹荀悲剧美学"？记住了，什么都吃只会让你食物中毒。

　　我，荀彧，出身颍川荀氏，往远了说是荀子后人，往近了说祖父是当朝名士，叔父官至司空，我自己也是年少成名，风姿卓然。就凭这条件，想找什么样的工作找不到？可我却放着袁氏集团的高管不做，被曹操的一句"吾之子房"骗进了曹魏集团，之后又为了他的事业昼夜操劳了整整二十年。

　　当时的曹魏集团还只是个初创公司，远没有现在这么大规模。你曹操也不过只是个小小的东郡太守，别说一统北方了，有时候自身都难保。可我独独看中了你兴复汉室的一腔赤诚和远见卓识，所以才尽可能在方方面面都支持你。你钱粮不够我为你筹集；你领兵远征我为你守城；你说做大事缺少人才，我挨家挨户去给你搜罗；你拿不定主意了，是我劝谏你扶正朝廷，迎奉天子。多亏了我，你才能从割据一方的"曹贼"摇身一变，成为大汉朝的曹丞相。

　　可后来你又做了些什么？

　　你已官至丞相，可谓一人之下，万人之上。为了表彰你的功绩，陛下更是准许你参拜不名，剑履上殿。但你仍不知足，处处挟制天子不说，还妄图加封九锡，就差把"反"字写在脑门上了！

　　这些年来，你的所作所为我都看在眼里，战争消磨了你的宽仁，权势熏染了你的热血。我忍不住好言相劝，说丞相您兴义兵，为的本就是匡朝宁国，更应该秉忠贞之诚，守退让之实，君子爱人以德，实在不宜如此。我想，这二十年来，哪怕再愤怒再疯狂，我荀彧说的话你也会听上一听的，可你却冷了脸，嫌我多事。

　　我不知道那个写出"生民百遗一，念之断人肠"的曹孟德去了哪里，却明白经此一遭，你不会再重用我了。心灰意冷之下，我忧愤成疾。

　　我原以为这就是我们俩的结局了，想不到还有个大招在等着我。请你出来解释解释，送到我家里来的那个空食盒是什么意思？我给你打工这么多年，还不配吃你一口热乎饭了？

▼ 评论（3）

@陈登：如果说别的事还好商量，不管饭这个真忍不了。

@曹操：陈元龙你少拱火！文若，你听我解释，不是你想的那样！你这些年对我的好，我没世不忘啊！

@荀彧评论@曹操：心寒，真正的心寒不是大吵大闹。

贾诩 跳槽狂魔

`+ 关注`

947 人赞同了该回答

在职场上动真感情，令君你这就太不值得了。

你看看我，换主公比换厨子还勤，离职跳槽什么的都是家常便饭。不过你说"主公心，海底针"这一点，我倒是深有同感。董卓、李傕、郭汜、张绣……历数我辅佐过的这么多老板，就数曹公的心思最难猜。更地狱的是，他这个人疑心深重，你猜他不说，他也猜你，猜着猜着就猜出了血光之灾。

因为曹魏集团是家族产业嘛，内斗比较激烈，好几位同事都因为站队问题离职了。我一琢磨，三公子才华横溢，深受曹老板宠爱；可二公子嘛，更加年长，名正言顺，鬼点子又多，站谁都风险巨大，不符合我"永远活着"的人设定位，所以我干脆装聋作哑，谁也不站。

可能正是我的这份冷静吸引了曹公，这天他见面就问我："子桓和子建你选谁？"

直觉告诉我，这是一道送命题，谁答谁死。

所以我只好保持沉默，等他追问时，就说我在思考人生的真谛和宇宙的终极。

曹老板先是一阵沉默，而后道："说人话。"

我只好说："我在想刘表是怎么完的，袁绍又是怎么没的。"

总之，在那之后，曹老板忽然就决定立曹丕为世子了，还表扬我，说和聪明人说话就是省心。而我则坚决表示，这一切和我并没有什么关系。至于曹二公子称帝后拜我为太尉，还准我配享太庙，那就是后话了。

▼ 评论（3） ▼

@杨修：举手！我就是那个因为站错队被迫离职的倒霉蛋。

@陆逊：不会吧不会吧？我还以为只有江东这种私企才有这些破事，想不到你们都挟天子以令诸侯了，居然也搞这套？不过杨修你好歹是真站队了，你们那两个公子也是一个赛一个地优秀。再看我们公司这俩，除了窝里斗，真的是什么能耐都没有啊。说到这我就郁闷，当时两宫相争，满朝官员都想着结党营私，把自己家儿子送到两个公子那儿实习。有人劝我也效仿他们意思意思。笑话，你出去打听打听，我们家陆抗用得着抱大腿？我当时果断拒绝了。想不到最后东宫事发，裁员清算的时候还是把我算进去了！我真是满脑子问号，可能是因为我们父子俩太出众了，遭人妒忌吧！

@姜维：我天，又吃到新瓜了！早就听说孙权疑心重，身边人没一个好下场的，想不到陆逊这种有实绩的年轻重臣都被波及了？我看你们江东迟早要完。

尾声 合卷而归

你曾坠入这涛涛浪涌，与千古人物邂逅。

终局时，能否随他携手共赴逆旅，或宁愿与他坦荡作别，决然擦肩而过？

汉末风雨如晦，风月亦如晦。

重逢，错过，诀别。

计谋，杀机，柔情。

"你始终是那个自由的你，仗剑走在这茫茫乱世，铁笔款款记下遗落的故事，如一阵偶然吹开史书的万里长风，只可相邀携游，不可伸手捉住。"

图书在版编目（CIP）数据

三国：名士无双 / 易轩编著. -- 北京：新世界出版社，2024.2
ISBN 978-7-5104-7883-3

Ⅰ.①三… Ⅱ.①易… Ⅲ.①历史故事－作品集－中国－当代 Ⅳ.①I247.8

中国国家版本馆CIP数据核字(2024)第021611号

三国：名士无双

编　　著：	易轩
选题策划：	七夏 寻寻
责任编辑：	蒋祥
装帧设计：	殷悦 叶子 十一
责任校对：	宣慧
责任印制：	王宝根
出　　版：	新世界出版社
网　　址：	http://www.nwp.com.cn
社　　址：	北京西城区百万庄大街24号（100037）
发 行 部：	(010)6899 5968（电话）　(010)6899 0635（电话）
总 编 室：	(010)6899 5424（电话）　(010)6832 6679（传真）
版 权 部：	+8610 6899 6306（电话）　nwpcd@sina.com（电邮）
印　　刷：	武汉鸿印社科技有限公司
经　　销：	新华书店
开　　本：	710mm×1120mm　1/16　尺寸：169mm×234mm
字　　数：	207千字　　　　　　　　印张：14
版　　次：	2024年2月第1版　2024年2月第1次印刷
书　　号：	ISBN 978-7-5104-7883-3
定　　价：	45.00元

版权所有，翻版必究
凡购本社图书，如有缺页、倒页、脱页等印装错误，可随时退换。
客服电话：(010)6899 8638